D0407453

Aleph

Aleph

PAULO COELHO

VINTAGE ESPAÑOL
Una división de Random House, Inc.
Nueva York

Para J., que me mantiene caminando.
S. J., que me sigue protegiendo.
Hilal, por aquel perdón en la iglesia de Novosibirsk.

Oh, María, sin pecado concebida, ruega por nosotros
que a Ti recurrimos. Amén.

Cierto hombre noble partió hacia una tierra remota,
con el fin de tomar para sí un reino, y volver después.

Lucas, 19,12

El diámetro del Aleph era de dos o tres centímetros, pero el Universo entero estaba ahí, sin disminuir su tamaño. Cada cosa... era infinita, porque yo podía ver claramente desde todos los ángulos del universo.

JORGE LUIS BORGES, *El Aleph*

Yo no puedo ver, y tú conoces todo.
Aun así, mi vida no será inútil,
porque sé que nos encontraremos de nuevo
en alguna divina eternidad.

ÓSCAR WILDE

Aleph

Rey de mi reino

¡No! ¿Otra vez un ritual? ¿Invocar de nuevo a las fuerzas invisibles para que se manifiesten en el mundo visible? ¿Qué tiene eso que ver con el mundo en que vivimos ahora? Los jóvenes salen de la universidad y no consiguen empleo. Los viejos llegan a la jubilación sin tener dinero para nada. Los adultos no tienen tiempo de soñar, pasan de las ocho de las mañana a las cinco de la tarde luchando para sostener a la familia, pagar el colegio de los hijos, enfrentando aquello que todos conocemos con el nombre resumido de "dura realidad".

El mundo nunca estuvo tan dividido como ahora: guerras religiosas, genocidios, falta de respeto por el planeta, crisis económicas, depresión, pobreza. Todos queriendo resultados inmediatos para resolver cuando menos algunos de los problemas del mundo o de su vida personal. Pero las cosas parecen más negras a medida que avanzamos hacia el futuro.

¿Y yo aquí, queriendo seguir adelante en una tradición espiritual cuyas raíces están en un pasado remoto, lejos de todos los retos del momento presente?

* * *

Al lado de J., a quien llamo mi Maestro, y aun comenzando a tener dudas al respecto, camino en dirección al roble sagrado, que
ha estado ahí desde hace más de 500 años, contemplando impasible las agonías humanas; su única preocupación es entregar las
hojas al invierno y recuperarlas de nuevo en la primavera.

Ya no soporto escribir sobre mi relación con J., mi guía en la
Tradición. Tengo decenas de diarios repletos de anotaciones de
nuestras conversaciones, que nunca releo. Desde que lo conocí en
Ámsterdam, en 1982, aprendí y desaprendí a vivir un centenar
de veces. Cuando J. me enseña algo nuevo, creo que tal vez sea el
paso que me falta para llegar a la cima de la montaña, la nota que
justifica la sinfonía entera, la letra que resume el libro. Paso por
un periodo de euforia, que poco a poco va desapareciendo. Algunas cosas se quedan para siempre, pero la mayoría de los ejercicios, de las prácticas, de las enseñanzas, termina por desaparecer
en un agujero negro. O, por lo menos, eso es lo que parece.

* * *

El suelo está mojado; imagino que mis tenis tan meticulosamente lava-
dos dos días antes estarán de nuevo llenos de lodo dentro de algunos
pasos, independientemente del cuidado que pueda tener. Mi búsqueda de la sabiduría, la paz espiritual y la conciencia de las realidades
visibles e invisibles se transformó ya en una rutina que no da resultado. Cuando tenía 22 años comencé a dedicarme al aprendizaje de la
magia; recorrí diversos caminos, anduve a la orilla del abismo durante
años importantes, resbalé y caí, desistí y volví. Imaginaba que cuando llegara a los 59 años estaría cerca del paraíso y de la tranquilidad
absoluta que creo ver en la sonrisa de los monjes budistas.

Por el contrario, parece que estoy más lejos que nunca. No estoy en paz; de vez en cuando entro en grandes conflictos conmi-

go mismo, que pueden durar meses. Y los momentos en que me sumerjo en la percepción de una realidad mágica duran apenas algunos segundos. Lo suficiente para saber que ese otro mundo existe, y lo bastante para dejarme frustrado por no lograr absorber todo lo que aprendo.

Llegamos.

Cuando acabe el ritual, hablaré seriamente con él. Ambos colocamos las manos en el tronco del roble sagrado.

* * *

J. dice una oración sufí:

"Oh Dios, cuando presto atención a las voces de los animales, al ruido de los árboles, al murmullo de las aguas, al gorjeo de los pájaros, al sonido del viento y al estruendo del trueno, percibo en ellos un testimonio de Tu unidad; siento que Tú eres el supremo poder, la omnisciencia, la suprema sabiduría, la suprema justicia.

"Oh Dios, Te reconozco en las pruebas que estoy pasando. Permite, oh Dios, que Tu satisfacción sea mi satisfacción. Que yo sea Tu alegría, esa alegría que un Padre siente por un hijo. Y que me acuerde de Ti con tranquilidad y determinación, aun cuando fuera difícil decir que Te amo."

Generalmente, en este momento yo sentiría, por una fracción de segundo, pero con eso bastaba, la Presencia Única que mueve el Sol y la Tierra, y que mantiene a las estrellas en su lugar. Pero hoy no quiero conversar con el Universo; basta con que el hombre a mi lado me dé las respuestas que necesito.

* * *

Él retira las manos del tronco del roble y yo hago lo mismo. Me sonríe, y yo le sonrío a mi vez. Nos dirigimos, en silencio y sin prisa, a mi casa; nos sentamos en la terraza y tomamos un café, todavía sin hablar.

Contemplo el árbol gigantesco que está al centro de mi jardín, con el listón en torno a su tronco, colocado ahí después de un sueño. Estoy en el villorrio de San Martín, en los Pirineos franceses, en una casa que ya me arrepentí de haber comprado; ella terminó por poseerme, exigiendo mi presencia siempre que fuera posible, porque necesita de alguien que la cuide para mantener viva su energía.

—Ya no puedo evolucionar —digo, cayendo como siempre en la trampa de hablar primero—. Creo que llegué a mi límite.

—Qué interesante. Yo siempre intenté descubrir mis límites, y hasta ahora no logro alcanzarlos. Pero mi universo no colabora mucho, sigue creciendo y no me ayuda a conocerlo por completo —dice J., provocándome.

Está siendo irónico. Pero yo sigo adelante.

—¿Y qué viniste a hacer aquí hoy? Tratar de convencerme de que estoy equivocado, como siempre. Di lo que quieras, pero sabe que las palabras no cambiarán nada. No estoy bien.

—Fue exactamente por eso que vine hoy. Presentí lo que estaba ocurriendo hace ya tiempo. Pero siempre existe un momento exacto para actuar —afirma J., tomando una pera de encima de la mesa y haciéndola girar en sus manos—. Si hubiésemos conversado antes, tú todavía no estarías maduro. Si conversáramos después, tú ya estarías podrido —da una mordida a la fruta, saboreando su gusto—. Perfecta. El momento correcto.

—Tengo muchas dudas. Y las mayores son mis dudas de fe —insisto.

—Excelente. La duda es lo que empuja al hombre hacia delante.

Como siempre, buenas respuestas y buenas imágenes, pero hoy no están funcionando.

—Voy a decirte lo que sientes —continúa—. Que todo lo que aprendiste no echó raíces, que eres capaz de sumergirte en el universo mágico, pero no logras quedar inmerso en él. Que tal vez todo eso no pase de ser una gran fantasía que el ser humano crea para alejar su miedo a la muerte.

Mis preguntas son más profundas: son dudas de fe. Tengo una única certeza: existe un universo paralelo, espiritual, que interfiere con este mundo en que vivimos. Fuera de eso, todo el resto, los libros sagrados, las revelaciones, las guías, los manuales, las ceremonias, todo eso me parece absurdo. Y lo que es peor, sin efectos duraderos.

—Te voy a decir lo que ya he sentido —continúa J.—. Cuando era joven, me deslumbraba con todas las cosas que la vida podía ofrecerme, pensaba que era capaz de obtener cada una de ellas. Cuando me casé, tuve que elegir un solo camino, porque necesitaba mantener a la mujer que amo y a mis hijos. A los 45 años, después de convertirme en un ejecutivo muy exitoso, vi a mis hijos crecer y salir de casa y creí que, de ahí en adelante, todo sería una repetición de lo que ya había experimentado.

"Fue ahí cuando comenzó mi búsqueda espiritual. Soy un hombre disciplinado y me dediqué a ella con toda la energía. Pasé por periodos de entusiasmo y de incredulidad hasta que llegué al momento que tú estás viviendo ahora."

—J., a pesar de todos mis esfuerzos, no logro decir: "Estoy más cerca de Dios y de mí mismo" —digo, con cierta exasperación.

—Eso es porque, como el resto de las personas en el planeta, tú creíste que el tiempo te enseñaría a acercarte a Dios. Pero el tiempo no enseña; sólo nos trae la sensación de cansancio, de envejecimiento.

El roble ahora parecía estar mirándome. Debía tener más de cuatro siglos, y todo lo que aprendió fue a permanecer en el mismo lugar.

—¿Por qué hicimos un ritual en torno al roble? ¿En qué nos ayuda eso a convertirnos en mejores seres humanos?

—Porque las personas ya no hacen rituales alrededor de los robles. Y actuando en una forma que puede parecer absurda, tocas algo profundo en tu alma, en tu parte más antigua, la más cercana al origen de todo.

Es verdad. Le pregunté lo que sabía y recibí la respuesta que esperaba. Debo aprovechar mejor cada minuto a su lado.

—Es hora de salir de aquí —dice J., abruptamente.

Miro el reloj. Le explico que el aeropuerto está cerca, podríamos seguir conversando un poco más.

—No me refiero a eso. Cuando pasé por lo que estás viviendo, encontré la respuesta en algo que ocurrió antes de que yo naciera. Es lo que estoy sugiriendo que hagas.

¿Reencarnación? Él siempre había desalentado las visitas a mis vidas pasadas.

—Ya fui al pasado. Lo aprendí por mí mismo, antes de conocerte. Ya hablamos de eso; vi dos reencarnaciones: un escritor francés en el siglo XIX y un…

—Sí, lo sé.

—Cometí errores que no puedo remediar ahora. Y tú me dijiste que no volviera a hacer eso, pues sólo aumentaría mi culpabilidad. Viajar a vidas pasadas es como abrir un hueco en el suelo y dejar que el fuego del piso de abajo incendie el presente.

J. lanza los restos de la pera a los pájaros del jardín y me mira, irritado:

—No digas tonterías, por favor. No me hagas creer que realmente tienes razón y que no aprendiste nada durante esos 24 años que pasamos juntos.

Sí, sé de lo que habla. En la magia, y en la vida, hay sólo un momento presente, el AHORA. El tiempo no se mide como se calcula la distancia entre dos puntos. El "tiempo" no pasa. El ser humano tiene una gigantesca dificultad para concentrarse en el presente; siempre está pensando en lo que hizo, cómo podría haberlo hecho mejor, cuáles fueron las consecuencias de sus actos, por qué no actuó como debería haber actuado. O si no se preocupa por el futuro, por lo que va a hacer mañana, qué providencias debe tomar, cuál es el peligro que le espera a la vuelta de la esquina, cómo evitar lo que no desea y cómo conseguir lo que siempre soñó.

J. retoma la conversación.

—Por lo tanto, aquí y ahora tú comienzas a preguntarte: ¿existe realmente algo equivocado? Sí, existe. Pero en este momento entiendes también que puedes cambiar tu futuro trayendo el pasado al presente. El pasado y el futuro sólo existen en nuestra memoria.

"Pero el momento presente está más allá del tiempo: es la Eternidad. Los indios usan la palabra 'karma' a falta de algo mejor. Pero el concepto está mal explicado: no es lo que hiciste en tu vida pasada lo que afectará el presente. Es lo que haces en el presente lo que redimirá el pasado y, lógicamente, cambiará el futuro."

—Es decir…

Él hace una pausa, cada vez más irritado porque yo no logro entender lo que está intentando explicarme.

—De nada sirve quedarme aquí utilizando palabras que nada quieren decir. Experimenta. Es hora de que *tú* salgas de aquí. A reconquistar tu reino, que ahora está corrompido por la rutina. Deja de repetir siempre la misma lección, no es eso lo que hará que aprendas algo nuevo.

—No se trata de rutina. Soy infeliz.

—El nombre de eso es rutina. Crees que existe porque eres infeliz. Otras personas existen en función de sus problemas y viven hablando compulsivamente sobre ellos: problemas con los hijos, maridos, escuela, trabajo, amigos. No se detienen a pensar: yo estoy aquí. Soy el resultado de todo lo que sucedió y sucederá, pero estoy aquí. Si hice algo equivocado, puedo corregirlo o por lo menos pedir perdón. Si hice algo correcto, eso me hace más feliz y conectado con el ahora.

J. respiró hondo antes de concluir:

—Tú ya no estás aquí. Es hora de salir para volver de nuevo al presente.

* * *

Era lo que yo temía. Hacía algún tiempo él venía dándome a entender que había llegado la hora de dedicarme al tercer camino sagrado. Sin embargo, mi vida cambió mucho desde el lejano año de 1986, cuando la peregrinación a Santiago de Compostela me llevó a afrontar mi propio destino, o el "proyecto de Dios". Tres años más tarde, seguí el Camino de Roma, en la región donde estábamos ahora, un proceso doloroso, tedioso, que me obligó a pasar 70 días haciendo a la mañana siguiente todos los absurdos que soñara la noche anterior (recuerdo que me quedé cuatro horas en una parada de camiones, sin que ocurriera nada importante).

Desde entonces había obedecido con disciplina todo lo que mi trabajo me exigía que hiciese. A final de cuentas era mi elección y mi bendición. O sea, viajé como un loco. Las grandes lecciones que aprendí fueron justamente aquellas que los viajes me enseñaron.

Mejor dicho, siempre viajé como un loco, desde joven. Pero, recientemente, parecía estar viviendo en hoteles y aeropuertos, y el sentido de aventura estaba dando paso a un profundo tedio. Cuando protestaba que no lograba quedarme mucho tiempo en un solo lugar, las personas decían espantadas: "¡Pero si viajar es muy bueno! ¡Lástima que yo no tengo dinero para eso!"

Viajar nunca es una cuestión de dinero, sino de coraje. Pasé gran parte de mi vida recorriendo el mundo como hippie: ¿qué dinero tenía entonces? Ninguno. Mal daba para pagar el pasaje, e incluso así creo que fueron algunos de los mejores años de mi juventud: comiendo mal, durmiendo en estaciones de tren, incapaz de comunicarme a causa del idioma, obligado a depender de otros hasta para encontrar un refugio dónde pasar la noche.

Después de mucho tiempo en la carretera, escuchando una lengua que no entiendes, usando un dinero cuyo valor no conoces, caminando por calles por donde nunca antes pasaste, descubres que tu antiguo Yo, con todo lo que aprendió, es absolutamente inútil ante esos nuevos desafíos, y comienzas a percibir que, enterrado en lo profundo de tu inconsciente, existe alguien mucho más interesante, aventurero, abierto al mundo y a nuevas experiencias.

Pero llega un día en que dices: "¡Basta!"

—¡Basta! Viajar para mí se convirtió en una rutina monótona.

—No, no basta. Nunca va a bastar —insiste J.—. Nuestra vida es un viaje constante, del nacimiento a la muerte. Cambia el paisaje, cambian las personas, las necesidades se transforman, pero el tren sigue adelante. La vida es el tren, no la estación del tren. Y lo que has hecho hasta ahora no es viajar, sino sólo cambiar de países, lo que es completamente diferente.

Negué con la cabeza.

—Eso no me ayuda. Si necesito corregir un error que cometí en otra vida, y estoy profundamente consciente de ese error, puedo hacer eso aquí mismo. En aquel calabozo yo sólo obedecía órdenes de alguien que parecía conocer los designios de Dios: tú.

"Además, ya encontré cuando menos a cuatro personas a quienes les pedí perdón."

—Pero no descubriste la maldición que fue lanzada.

—Tú también fuiste maldecido en la misma época. ¿Y la descubriste?

—Descubrí la mía. Y puedo garantizarte que fue mucho más dura que la tuya. Tú fuiste cobarde una vez, mientras que yo fui injusto muchas veces. Pero eso me liberó.

—Si necesito viajar en el tiempo, ¿por qué es necesario viajar en el espacio?

J. rió:

—Porque todos tenemos siempre una posibilidad de redención, pero para eso debemos encontrar a las personas a quienes hicimos daño y pedirles perdón.

—¿Y adónde voy? ¿A Jerusalén?

—No lo sé. A donde te comprometas a ir. Descubre lo que dejaste incompleto y termina la obra. Dios te guiará, porque en el aquí y ahora está todo lo que viviste, y lo que vivirás. El mundo está siendo creado y destruido en este momento. A quien encontraste, volverá a aparecer; a quien dejaste partir, habrá de regresar. No traiciones las gracias que te fueron concedidas. Entiende lo que pasa contigo, y sabrás lo que pasa con todo el mundo.

"No pienses que vine a traerte la paz. Vine a traerte la espada."

* * *

La lluvia me hace temblar de frío, y mi primer pensamiento es: "Voy a estar agripado". Me consuelo pensando que todos los médicos que conocí dicen que la gripe es provocada por virus, no por gotas de agua.

No logro estar aquí y ahora; mi cabeza es un completo remolino: ¿adónde debo llegar? ¿Dónde debo ir? ¿Y si fuera incapaz de reconocer a las personas en mi camino? Eso seguramente ya pasó otras veces, y volverá a suceder; de lo contrario, mi alma ya estaría en paz.

Con 59 años de estar conviviendo conmigo mismo, conozco algunas de mis reacciones. Al comienzo de nuestra relación, la palabra de J. parecía inspirada por una luz mucho más fuerte que él. Yo aceptaba todo sin preguntar una segunda vez, seguía adelante sin miedo y jamás me arrepentí por haberlo hecho. Pero el tiempo fue pasando, la convivencia aumentó y, con ella, vino el hábito. Aun cuando jamás me haya decepcionado, ya no puedo verlo de la misma forma. Aun cuando por obligación aceptada voluntariamente en septiembre de 1992, diez años después de que lo conocí, tuviese que obedecer lo que me decía, ya no lo hacía con la misma convicción de antes.

Estoy equivocado. Si elegí seguir esa Tradición mágica, no debería tener ese tipo de cuestionamientos ahora. Soy libre de abandonarla cuando quiera, pero algo me empuja hacia el frente. Con toda seguridad, él tiene razón; sin embargo, yo me conformé con la vida que llevo y no necesito más retos. Sólo paz.

Debería ser un hombre feliz: tengo éxito en mi profesión, una de las más difíciles del mundo; estoy casado hace 27 años con la mujer que amo; gozo de buena salud; vivo rodeado de gente en la que puedo confiar; siempre recibo el cariño de mis lectores cuando los encuentro en la calle. Hubo un momento en que eso bastaba, pero en estos dos últimos años nada parece satisfacerme.

¿Se tratará sólo de un conflicto pasajero? ¿No basta con hacer las oraciones de siempre, respetar a la naturaleza como la voz de Dios y contemplar todo lo bello que hay a mi alrededor? ¿Para qué desear ir más hacia delante, si estoy convencido de que he llegado a mi límite?

¿POR QUÉ NO PUEDO SER COMO MIS AMIGOS?

La lluvia cae cada vez más fuerte, y no escucho nada además del barullo del agua. Estoy hecho una sopa y no me puedo mover. No quiero salir de aquí porque no sé adónde ir, estoy perdido. J. tiene razón: si realmente hubiese llegado al límite, esta sensación de culpa y frustración ya habría pasado. Pero continúa. Temor y temblor. Cuando la insatisfacción no desaparece, entonces fue puesta ahí por Dios con una sola razón: es necesario cambiar todo, caminar hacia delante.

Ya viví eso antes. Cuando me rehusaba a seguir mi destino, algo mucho más difícil de soportar acontecía en mi vida. Y es ése mi más grande temor en este momento: la tragedia. La tragedia es un cambio radical en nuestras vidas, siempre ligada al mismo principio: la pérdida. Cuando estamos ante una pérdida, de nada sirve intentar recuperar lo que se fue, es mejor aprovechar el gran espacio abierto y llenarlo con algo nuevo. Teóricamente, toda pérdida es para nuestro bien; en la práctica, es cuando cuestionamos la existencia de Dios y nos preguntamos: ¿merezco esto?

Señor, ahórrame la tragedia, y yo seguiré Tus designios.

Cuando acabo de pensar en eso, un trueno explota a mi lado y el cielo se ilumina con la luz del rayo.

Temor y temblor de nuevo. Una señal. Yo aquí tratando de convencerme de que doy siempre lo mejor de mí, y la naturaleza diciéndome exactamente lo opuesto: quien realmente está comprometido con la vida jamás deja de caminar. En este momento, el cielo y la tierra se enfrentan en una tempestad que, cuando pase, dejará el aire más puro y el campo fértil, pero también habrá casas derrumbadas, árboles centenarios derribados, lugares paradisiacos inundados.

Un bulto amarillo se aproxima.

Me entrego a la lluvia. Más rayos están cayendo, mientras que la sensación de desamparo va siendo sustituida por algo positivo, como si mi alma estuviese siendo lavada con el agua del perdón.

"Bendice y serás bendecido."

Las palabras salen naturalmente de mi interior, la sabiduría que desconozco tener, que sé que no me pertenece, pero que a veces se manifiesta y no me deja dudar de todo lo que aprendí durante todos estos años.

Mi gran problema es éste: a pesar de estos momentos, sigo dudando.

El bulto amarillo está frente a mí. Es mi mujer, con una de las capas de colores chillantes que usamos cuando vamos a pasear por lugares de difícil acceso en las montañas; si nos perdemos, será más fácil localizarnos.

—Te olvidaste que tenemos una cena.

No, no me olvidé. Salgo de la metafísica universal donde los truenos son las voces de los dioses y vuelvo a la realidad de la ciudad provinciana, el buen vino, el carnero asado, la conversación alegre con amigos que nos contarán sus aventuras en un reciente viaje que hicieron en una Harley Davidson. De regreso a casa para cambiarme de ropa, resumo en pocas frases la conversación que tuve con J. aquella tarde.

—¿Y te dijo dónde debes ir? —pregunta mi mujer.

—"Comprométete", me dijo.

—¿Y eso es difícil? No seas tan testarudo. Estás pareciendo más viejo de lo que ya eres.

Hervé y Veronique tienen otros dos invitados, una pareja de franceses de mediana edad. Me presentan a uno de ellos como un "vidente" que conocieron en Marruecos.

El hombre no parece ni muy simpático y ni muy antipático, sólo ausente. Sin embargo, a media cena, como si hubiese entrado en una especie de trance, le dice a Veronique:

—Cuidado con el auto. Vas a sufrir un accidente.

Pienso que eso es de pésimo gusto porque, si Veronique se lo toma en serio, el miedo terminará atrayendo energía negativa y las cosas podrían realmente ocurrir como fue predicho.

—¡Qué interesante! —digo, antes de que alguien pueda reaccionar—. No dudo que sea capaz de caminar en el tiempo, en dirección al pasado o al futuro. Justamente hablaba de eso con un amigo esta tarde.

—Puedo ver. Cuando Dios lo permite, puedo ver. Sé quién fue, quién es y quién será cada una de las personas que están sentadas a esta mesa. No entiendo mi don, pero lo acepté hace tiempo.

La conversación, que debería versar sobre el viaje a Sicilia con amigos que comparten nuestra pasión por las clásicas Harley Davidson, de repente parece peligrosamente cercana a cosas que no quiero escuchar ahora. Sincronía absoluta.

Y mi turno de hablar.

—Usted también sabe que Dios sólo nos permite divisar eso cuando desea que algo sea cambiado.

Me volteo hacia Veronique y le digo:

—No te preocupes. Cuando algo en el plano astral es colocado en este plano, pierde gran parte de su fuerza. O sea, tengo la seguridad de que eso no sucederá.

Veronique ofrece más vino a todos. Ella piensa que el vidente de Marruecos y yo hemos entrado en una ruta de colisión. No es

REY DE MI REINO 31

verdad; ese hombre realmente "ve", y eso me asusta. Después hablaré con Hervé sobre ese asunto.

El hombre apenas me mira, continúa con el aire ausente de quien entró en una dimensión sin pedirlo, pero que ahora tiene el deber de comunicar lo que está sintiendo. Quiere contarme algo, pero prefiere dirigirse a mi mujer:

—El alma de Turquía entregará a su marido todo el amor que ella posee. Pero derramará la sangre de él antes de revelar lo que busca.

Otra señal que confirma que no debo viajar ahora, pienso, sabiendo que procuramos interpretar todas las cosas de acuerdo con lo que queremos, y no como realmente son.

El bambú chino

Estar en este tren yendo de París a Londres, de camino a la Feria del Libro, es una bendición para mí. Cada vez que vengo a Inglaterra me acuerdo de 1977, cuando dejé mi empleo en una grabadora de discos, decidido a pasar el resto de la vida viviendo de la literatura. Alquilé un departamento en Bassett Road, hice varios amigos, estudié vampirología, conocí la ciudad a pie, me enamoré, vi todas las películas en cartelera y, antes de un año, estaba de regreso en Río de Janeiro, incapaz de escribir una sola línea.

Esta vez, me quedaría en la ciudad sólo tres días. Un encuentro con lectores, cenas en restaurantes indios y libaneses, conversaciones en el lobby del hotel sobre libros, librerías y autores. No tengo planes de regresar a mi casa en Saint Martin hasta finales de año. De aquí tomo un avión de vuelta a Río de Janeiro, donde puedo escuchar mi lengua materna en las calles, tomar jugo de *açaí* todas las noches y contemplar desde mi ventana, sin cansarme nunca de ello, la vista más bella de todo el mundo: la playa de Copacabana.

* * *

Poco antes de llegar, un muchacho entra en el vagón con un ramo de rosas y comienza a mirar a su alrededor. Es raro, porque nunca vi vendedores de flores en el Eurostar.

—Necesito 12 voluntarios —dice, en voz alta—. Cuando lleguemos, cada uno tomará una rosa. La mujer de mi vida me está esperando, y me gustaría pedir su mano en matrimonio.

Varias personas se ofrecieron, yo incluso, pero terminé sin ser elegido. Aun así, cuando el tren se detiene, decido acompañar al grupo. El muchacho señala a una joven que está en la plataforma. Uno a uno, los pasajeros le van entregando a ella sus rosas. Al final, él le declara su amor, todos aplauden y la chica inclina el rostro, muerta de vergüenza. Enseguida, ambos se besan y salen abrazados.

Un sobrecargo comenta:

—Desde que trabajo aquí, ha sido la cosa más romántica que ha sucedido en esta estación.

* * *

El único encuentro con lectores que había sido programado duró sólo cinco horas, pero me llenó de energía positiva e hizo que me preguntara: ¿por qué tantos conflictos en todos estos meses? Si mi progreso espiritual parece haberse topado con una barrera infranqueable, ¿no es mejor tener un poco de paciencia? Viví lo que poquísima gente a mi alrededor ha tenido la oportunidad de experimentar.

Antes del viaje, fui a una pequeña capilla en Barbazan-Debat. Ahí le pedí a la Virgen que me orientara con su amor, que hiciera que fuese capaz de percibir todas las señales que me llevaran de regreso al encuentro de mí mismo. Sé que estoy en las personas que me rodean, y que ellas están en mí. Juntos escribimos el Libro de la Vida, con nuestros encuentros siempre determinados por el destino y nuestras manos unidas en la fe de que podemos hacer una diferencia en este mundo. Cada uno colabora con una palabra, una frase, una imagen, pero al final todo tiene sentido: la felicidad de uno se transforma en la alegría de todos.

Siempre nos preguntaremos las mismas cosas. Siempre necesitaremos tener la humildad suficiente para aceptar que nuestro corazón entiende la razón de que estemos aquí. Sí, es difícil conversar con el corazón, ¿pero será incluso necesario? Basta con tener confianza, seguir las señales, vivir nuestra Leyenda Personal y, tarde o temprano, percibimos que estamos participando en algo, aunque no podamos *comprenderlo* racionalmente. Dice la tradición que, un segundo antes de morir, cada uno se da cuenta de la verdadera razón de su existencia. Y en ese momento nace el Infierno o el Paraíso.

El Infierno es mirar hacia atrás en esa fracción de segundo y saber que desperdiciamos una oportunidad de dignificar el milagro de la vida. El Paraíso es poder decir en ese momento: "Cometí algunos errores, pero no fui cobarde. Viví mi vida e hice lo que tenía que hacer".

Por lo tanto, no necesito anticipar mi Infierno y estar rumiando el hecho de no lograr avanzar en lo que yo entiendo como "Búsqueda Espiritual". Debo seguir intentándolo, y con eso basta. Incluso quienes no hicieron todo lo que podían haber hecho ya están perdonados; pagaron su pena mientras vivieron, fueron felices cuando pudieron estar en paz y armonía. Todos estamos redimidos, somos libres para seguir adelante en esta caminata que no tuvo comienzo y no tendrá fin.

*   *   *

No traje ningún libro conmigo. Mientras espero para bajar a cenar con mis editores rusos, hojeo una de esas revistas que siempre hay en las mesas de los cuartos de los hoteles. Leo, sin mucha curiosidad, un artículo sobre los bambúes chinos. Después de sembrada la semilla, no se ve nada por aproximadamente cinco años: sólo un brote diminuto. Todo el crecimiento es subterráneo; una compleja estructura de raíces, que se extiende vertical y horizontalmente por la tierra, está siendo construida. Entonces, al final del quinto año, el bambú chino crece velozmente hasta alcanzar una altura de 25 metros.

No podía haber encontrado una lectura más aburrida para pasar el tiempo. Era mejor bajar y observar lo que sucedía en el lobby del hotel.

*　　*　　*

Tomo un café mientras espero la hora de cenar. Mónica, mi agente y mejor amiga, baja también y se sienta a mi mesa. Hablamos de algunas cosas de poca importancia. Veo que está cansada de haber pasado el día entero con los profesionales del libro, mientras monitoreaba por teléfono, con la editora inglesa, lo que estaba ocurriendo durante mi encuentro con los lectores.

Comenzamos a trabajar juntos cuando ella tenía sólo 20 años; era una lectora entusiasmada más que estaba convencida de que un escritor brasileño podría ser traducido y publicado fuera de su país. Mónica abandonó la Facultad de Ingeniería Química, en Río de Janeiro, y se fue a España con un novio; estuvo tocando a las puertas de las editoriales, enviando cartas, explicando que necesitaban prestar atención a mi trabajo.

Cierto día fui a la pequeña ciudad en Cataluña donde ella vivía, le invité un café y le pedí que hiciera todo aquello a un lado y pensara más en su vida y en su futuro, ya que nada estaba dando resultado. Ella se rehusó, y me dijo que no podía regresar a Brasil con una derrota. Traté de convencerla de que ella había vencido,

que había sido capaz de sobrevivir (distribuyendo folletos, trabajando como mesera) y había tenido la experiencia única de vivir
fuera de su país. Mónica siguió rehusándose. Salí de ese café con
la sensación de que ella estaba desperdiciando su vida, pero yo no
lograría jamás que cambiara de idea, pues era muy obstinada. Seis
meses después, la situación cambiaría por completo y, en más de
seis meses, ella tendría dinero suficiente para comprar un departamento.

Creyó en lo imposible y, justamente por eso, ganó batallas que
todos, incluso yo, considerábamos perdidas. Ésa es la cualidad del
guerrero: entender que la voluntad y el coraje no son la misma
cosa. El coraje puede atraer miedo y adulación, pero la fuerza de
voluntad requiere de paciencia y compromiso. Los hombres y las
mujeres que tienen una inmensa fuerza de voluntad generalmente son solitarios, porque transmiten frialdad. Mucha gente piensa que Mónica es un poco fría, pero no podría estar más lejos de
la verdad: en su corazón arde un fuego secreto, tan intenso como
lo era en la época en que nos encontramos en aquel café. A pesar
de todo lo que ha logrado, ella conserva el entusiasmo de siempre.

Cuando le iba a contar, para distraerla, mi reciente conversación con J., entran en la cafetería las dos editoras de Bulgaria.
Muchos de los participantes de la Feria del Libro están hospedados en el mismo hotel. Intercambiamos cortesías, y después Mónica toma el control de la conversación. Como de costumbre, una
de ellas se vuelve hacia mí y hace la pregunta protocolaria:

—¿Cuándo visitará de nuevo nuestro país?

—Si ustedes logran organizar el viaje, la semana que entra. Lo
único que quiero es una fiesta después de la tarde de autógrafos.

Las dos me miran incrédulas.

¡EL BAMBÚ CHINO!

Mónica me mira horrorizada:

—Tenemos que ver la agenda…

—… pero ciertamente puedo estar en Sofía la semana que viene —interrumpo.

Y a ella, en portugués: —Después te explico.

Mónica ve que no estoy bromeando, pero las editoras dudan. Preguntan si no quisiera esperar un poco, hasta que puedan hacer un trabajo de promoción a la altura.

—La semana que viene —insisto—. O si no lo dejamos para otra oportunidad.

Sólo entonces entienden que estoy hablando en serio. Se vuelven hacia Mónica a la espera de los detalles. En este momento exacto, llega mi editor español. Se interrumpe la conversación en la mesa, se hacen las presentaciones, y viene la pregunta de rigor:

—Y entonces, ¿cuándo tendremos el placer de verlo de nuevo en nuestro país?

—Inmediatamente después de mi visita a Bulgaria.

—¿Cuándo será eso?

—Dentro de dos semanas. Podemos programar una tarde de autógrafos en Santiago de Compostela y otra en el País Vasco. Con fiestas para celebrar los encuentros, a las que invitaremos a algunos lectores.

Las editoras búlgaras comienzan a dudar otra vez, y Mónica esboza una sonrisa amarilla.

"¡Comprométete!", había dicho J.

El bar comienza a llenarse. En todas las grandes ferias, sean de libros o de maquinaria pesada, los profesionales acostumbran quedarse en dos o tres hoteles, y gran parte de los negocios se cierran en los lobbies y en las cenas como las que estaban por ocurrir aquella noche. Saludo a todos los editores y voy aceptando invitaciones a medida que repiten la pregunta de siempre: "¿Cuándo visitará nuestro país?" Procuro mantener la conversación el tiempo suficiente para evitar que Mónica me pregunte qué está pasando. Sólo le queda anotar en su agenda los compromisos que estoy adquiriendo.

En un momento determinado, interrumpo una discusión con el editor árabe para saber cuántas visitas están programadas.

—Me estás poniendo en una situación complicadísima —responde irritada Mónica, en portugués.

—¿Cuántas?

—Seis países, cinco semanas. ¿No sabes que esta feria es para profesionales y no para escritores? No necesitas aceptar ninguna invitación, yo me encargo de…

Llega el editor portugués y ya no podemos seguir hablando en nuestra lengua secreta. Como él no dice nada más allá de las cortesías de siempre, me ofrezco:

—¿No me vas a invitar a visitar Portugal?

Él confiesa que estaba a punto de hacerlo, pero que pudo escuchar lo que Mónica y yo conversábamos.

—No estoy bromeando. Me gustaría mucho hacer una tarde de autógrafos en Guimarães y otra en Fátima.

—Sabes que no podemos cancelar a la mera hora…

—No voy a cancelar. Lo prometo.

Él acepta, y Mónica pone a Portugal en la agenda: cinco días más. Por último, mis editores rusos, un hombre y una mujer, se aproximan y nos saludan. Mónica respira aliviada. Hora de arrastrarme al restaurante.

Mientras aguardábamos el taxi, ella me empuja hacia un lado.

—¿Enloqueciste o qué?

—Desde hace muchos años, como bien sabes. ¿Conoces la historia del bambú chino? Permanece cinco años como un simple brote, aumentando sólo sus raíces. Y de un momento a otro, crece 25 metros.

—¿Y eso qué tiene que ver con esta locura que acabo de presenciar?

—Después te cuento la conversación que tuve con J. hace un mes. Lo que importa ahora es que eso era lo que estaba ocurriendo conmigo: invertí trabajo, tiempo y esfuerzo, procuré nutrir el crecimiento con mucho amor y mucha dedicación, y no pasaba nada. No pasó nada durante años.

—¿Cómo que no pasó nada? ¿No tienes conciencia de quién eres?

Llega el taxi. El editor ruso abre la portezuela para que entre Mónica.

—Estoy hablando del lado espiritual. Pienso que soy un bambú chino y que llegó mi quinto año. Es hora de levantarme otra vez. Me preguntaste que si había enloquecido y te respondí con una broma. Pero es cierto que estaba enloqueciendo. Comencé a pensar que nada de lo que había aprendido echaba raíces.

En una fracción de segundo, poco después de la llegada de las editoras búlgaras, sentí la presencia de J. a mi lado y ahora entendía sus palabras, aunque ese *insight* sólo haya ocurrido después de hojear una revista sobre jardinería en un momento de absoluto aburrimiento. Y mi exilio autoimpuesto, que por un lado me hizo descubrir cosas muy importantes de mí mismo, también tuvo un grave efecto colateral: la soledad se convirtió en un vicio. Mi universo se había limitado a los pocos amigos en las montañas, a las respuestas a cartas e e-mails y a la ilusión de que "todo el resto del tiempo era mío". A final de cuentas, una vida sin los problemas naturales que resultan de la convivencia con otras personas, del contacto humano.

¿Pero es eso lo que estoy buscando? ¿Una vida sin desafíos? ¿Y cuál es la gracia de buscar a Dios fuera de las personas?

Conozco a muchos que hicieron eso. Una vez tuve una discusión seria y al mismo tiempo graciosa con una monja budista que pasó 20 años aislada en una cueva en Nepal. Le pregunté qué había conseguido con eso. "Un orgasmo espiritual", respondió. Le comenté que había formas más fáciles de conseguir orgasmos.

Nunca podría recorrer ese camino, no está en mi horizonte. Simplemente no lo consigo; no podría pasar el resto de mi vida buscando orgasmos espirituales o contemplando el roble en el jardín de mi casa y esperando que la sabiduría naciera de la contemplación. J. sabe eso, y me provocó a hacer este viaje para que yo entendiera que mi camino está reflejado en la mirada de los demás y que, si quiero encontrarme a mí mismo, necesito de ese mapa.

Pido disculpas a los editores rusos, y les digo que necesito terminar una conversación con Mónica en portugués. Comienzo a contarle una historia:

—Un hombre resbaló y cayó en un agujero. Un cura pasó por el lugar, y el hombre le pidió que lo ayudara a salir de ahí. El cura lo bendijo, pero siguió adelante. Horas después apareció un médico. El hombre le pidió ayuda, y el médico se limitó a mirar de lejos los arañazos, escribir una receta y decirle que comprara esos medicamentos en la farmacia más próxima. Finalmente llegó alguien a quien él nunca había visto. De nuevo pidió ayuda, y el extraño saltó dentro del agujero. "¿Pero y ahora? ¡Ambos estamos presos aquí!" A lo que el desconocido respondió: "No, no lo estamos. Yo soy de esta región, y sé cómo llegar a la cima".

—Lo que significa… —dice Mónica.

—Que necesito de esos extraños —explico—. Mis raíces están listas, pero sólo podré seguir adelante con la ayuda de los demás. No sólo tuya, o de J., o de mi mujer, sino de personas a las que nunca vi. Estoy seguro. Fue por eso que pedí una fiesta al final de las tardes de autógrafos.

—Tú nunca estás satisfecho —se queja Mónica.

—Y es justamente por eso que me adoras —digo, con una sonrisa.

En el restaurante hablamos un poco de todo, celebramos algunas conquistas e intentamos afinar ciertos detalles. Tengo que controlarme para no entrometerme demasiado, ya que Mónica es la que reparte las cartas en todo lo que se refiere a la edición. Pero, en determinado momento, surge nuevamente la pregunta, esta vez dirigida a ella:

—¿Y cuándo podremos contar con la presencia de Paulo en Rusia?

Mónica empieza a explicar que mi agenda está muy complicada ahora, ya que tengo una serie de compromisos a partir de la semana que viene. Y en este momento, yo la interrumpo.

—Siempre tuve un sueño. Ya intenté realizarlo dos veces y no lo conseguí. Si ustedes me ayudan, voy a Rusia.

—¿Y cuál es ese sueño?

—Atravesar el país en tren y llegar hasta el Océano Pacífico. Podemos parar en algunos lugares y hacer tardes de autógrafos. Podemos honrar a los lectores que jamás tienen oportunidad de ir hasta Moscú.

Los ojos de mi editor brillan de alegría. Él estaba hablando justamente sobre las crecientes dificultades de la distribución en un país tan grande, con siete husos horarios diferentes.

—La idea es muy romántica, muy bambú chino, pero poco práctica —ríe Mónica—. Sabes que no podré acompañarte, porque acabo de tener un hijo.

Sin embargo, el editor está entusiasmado. Pide su quinto café de esa noche, explica que se encargará de todo, que el subagente de Mónica podría representarla, que ella no necesita preocuparse de nada: todo va a salir bien.

Completo así la agenda con dos meses seguidos de viaje, dejando en el camino una serie de personas contentas pero estresadas porque tendrán que organizar todo sobre la marcha, una agente y amiga que me mira con cariño y respeto, y un maestro que no está aquí pero que sabe que me comprometí incluso sin entender lo que él decía. Es una noche fría y prefiero volver caminando solo al hotel, asustado conmigo mismo pero alegre porque ahora no puedo dar marcha atrás.

Y era exactamente eso lo que yo quería. Si yo creía que iba a vencer, la victoria también creería en mí. Ninguna vida está completa sin un toque de locura. O, para usar las palabras de J.: yo necesitaba reconquistar mi reino. Si fuese capaz de entender lo que pasaba en mi mundo, sería capaz de comprender lo que pasaba conmigo.

* * *

En el hotel hay un mensaje de mi mujer, diciendo que no pudo localizarme y pidiendo que la llame en cuanto pueda. Mi corazón se dispara, pues ella rara vez telefonea cuando estoy viajando. Regreso la llamada de inmediato. Los segundos entre un timbrazo y otro parecen una eternidad.

Finalmente, ella contesta.

—Veronique sufrió un violento accidente en el auto, pero no corre peligro —dice, nerviosa.

Le pregunto si puedo llamarla ahora, pero la respuesta es no. Veronique está en el hospital.

—¿Te acuerdas del vidente?

¡Sí, me acuerdo! Él también pronosticó algo para mí. Colgamos y llamo inmediatamente al cuarto de Mónica. Le pregunto si acaso programé alguna visita a Turquía.

—¿No te acuerdas de las invitaciones que aceptaste?

Le digo que no. Estaba en una especie de euforia cuando comencé a decir "sí" a todos los editores.

—¿Pero sabes los compromisos que adquiriste, o no? Todavía podemos cancelar, si ése fuera el caso.

Le explico que estoy contento con los compromisos, no se trata de eso. A esa hora de la noche es muy difícil explicar lo del vidente, el vaticinio, el accidente de Veronique. Insisto en que Mónica me diga si programó algún evento en Turquía.

—No —responde—. Los editores turcos están hospedados en un hotel diferente. De lo contrario…

Nos reímos.

Puedo dormir tranquilo.

La linterna del extranjero

C asi dos meses de peregrinación, la alegría está de vuelta, pero cada noche me pregunto si se quedará conmigo cuando regrese a casa. ¿Estaré haciendo lo que es realmente necesario para que crezca el bambú chino? Ya pasé por seis países, me reuní con mis lectores, me divertí, alejé provisionalmente una depresión que amenazaba con instalarse, pero algo me dice que todavía no he recuperado mi reino. Nada de lo que he hecho es muy distinto a los viajes de años anteriores.

Ahora sólo falta Rusia. Y después, ¿qué hacer? ¿Continuar concertando compromisos para seguir adelante, o detenerme y ver cuáles son los resultados?

Todavía no he llegado a ninguna conclusión. Sólo sé que una vida sin causa es una vida sin efecto. Y no puedo permitir que eso me suceda. Si fuese necesario, viajaré el resto del año.

Estoy en la ciudad africana de Túnez. La conferencia está por comenzar y, gracias a Dios, el salón está lleno. Debería haber sido presentado por dos intelectuales locales. En el rápido encuentro que tuvimos antes, uno de ellos me mostró un texto de dos minutos, y otro había escrito una tesis de media hora sobre mi trabajo.

Con mucho cuidado, el coordinador explica que es imposible leer la tesis, ya que el evento debe durar 50 minutos como máximo.

Imagino cuánto debe haber él trabajado en el texto, pero el coordinador tiene razón: estoy ahí para tener contacto con mis lectores. Hay una breve discusión, él dice que ya no desea participar y se va.

Comienza la conferencia. Las presentaciones y agradecimientos duran cuando mucho cinco minutos, y ahora tengo el resto del tiempo para un diálogo abierto. Digo que no estoy ahí para explicar nada, lo ideal sería que el evento dejara de ser una presentación convencional y se transformara en una conversación.

Una joven hace la primera pregunta: ¿qué son las señales de las que tanto hablo en mis libros? Explico que es un lenguaje extremadamente personal que desarrollamos a lo largo de la vida, a través de aciertos y errores, hasta que entendemos cuando Dios nos está guiando. Otro pregunta si fue una señal la que me trajo a este lejano país. Digo que sí, pero no entro en mayores detalles.

La conversación continúa, el tiempo pasa rápidamente y necesito terminar la charla. Elijo al azar, entre 600 personas, a un hombre de mediana edad, con un grueso bigote, para que haga la pregunta final.

—No quiero hacer ninguna pregunta —dice—. Sólo quiero decir un nombre.

Y menciona el nombre de una pequeña iglesia en Barbazan-Debat, que queda en medio de la nada, a miles de kilómetros de donde me encuentro, y donde un día coloqué una placa agradeciendo un milagro. Es el nombre de la iglesia a la que fui, antes de esta peregrinación, a pedir a la Virgen que protegiera mis pasos.

Ya no sé cómo continuar la conferencia. Las siguientes palabras fueron escritas por uno de los presentadores que integraban la mesa:

"Y de repente el Universo parecía haber dejado de moverse en aquella sala. Sucedieron tantas cosas: yo vi tus lágrimas. Vi las lágrimas de tu dulce mujer, cuando aquel lector anónimo pronunció el nombre de una capilla perdida en algún lugar del mundo.

"*Tú perdiste la voz. Tu rostro sonriente se tornó serio. Tus ojos se llena-
ron de tímidas lágrimas, que temblaban en la punta de las pestañas, como si
quisieran disculparse por estar ahí sin haber sido invitadas.*

"*Ahí también estaba yo, sintiendo un nudo en la garganta, sin saber por
qué. Busqué entre el auditorio a mi mujer y a mi hija, son ellas a las que
siempre busco cuando me siento al borde de algo que no conozco. Ellas estaban allá, pero tenían los ojos fijos en ti, silenciosas como todo el mundo, procurando apoyarte con sus miradas, como si las miradas pudiesen apoyar a un
hombre.*

"*Entonces procuré fijarme en Christina, pidiendo socorro, intentando entender lo que estaba pasando, cómo romper aquel silencio que parecía infinito. Y vi que también ella lloraba, en silencio, como si ustedes fuesen notas de
la misma sinfonía, y como si las lágrimas de ambos se tocaran a pesar de la
distancia.*

"*Y durante largos segundos, ya no había salón, ni público, ni nada. Tú
y tu mujer se habían ido a un lugar donde nadie podía seguirlos; todo lo que
existía era la alegría de vivir, contada apenas con el silencio y la emoción.*

"*Las palabras son lágrimas escritas. Las lágrimas son palabras que necesitan llorar. Sin ellas, ninguna alegría tiene brillo, ninguna tristeza tiene
final. Por lo tanto, gracias por tus lágrimas.*"

Debería haberle dicho a la joven que hiciera la primera pregunta, sobre las señales, que ahí estaba una de ellas, afirmando
que yo me encontraba en el sitio donde debía estar, a la hora correcta, a pesar de nunca haber entendido bien qué fue lo que me
llevó ahí.

Pero pienso que no fue necesario: ella debe haberlo percibido.*

---

* N. del A. En cuanto terminó la conferencia, fui a buscar al hombre de los
bigotes. Su nombre era Christian Dhellemmes. Después de ese episodio, intercambiamos algunos e-mails, pero nunca más nos encontramos personalmente.
Él falleció el día 19 de julio de 2009, en Tarbes, Francia.

Mi mujer y yo caminamos de la mano por el bazar de Túnez, a 15 kilómetros de las ruinas de Cartago, que en un pasado remoto fue capaz de enfrentar a la poderosa Roma. Discutimos la epopeya de Aníbal, uno de sus guerreros. Los romanos esperaban una batalla marítima, ya que ambas ciudades estaban separadas sólo por algunos centenares de kilómetros de mar. Pero Aníbal enfrentó el desierto, cruzó el estrecho de Gibraltar con un gigantesco ejército, atravesó España y Francia, subió los Alpes con soldados y elefantes, y atacó al Imperio por el norte, en una de las mayores epopeyas militares de las que se tenga noticia.

Venció a todos los enemigos que encontró en su camino y de repente, sin que hasta hoy alguien sepa bien por qué, se detuvo frente a Roma y no atacó en el momento exacto. El resultado de esa indecisión: Cartago fue borrada del mapa por los navíos romanos.

—Aníbal se detuvo y fue derrotado —pienso en voz alta—. Yo estoy agradecido de continuar, aun cuando al principio haya sido difícil. Estoy comenzando a acostumbrarme al viaje.

Mi mujer finge no haber escuchado porque ya percibió que estoy intentando convencerme de alguna cosa. Vamos a un bar para encontrarnos con un lector, Samil, elegido al azar en la fiesta que siguió a la conferencia. Le pido que evite todos los monumentos y puntos turísticos y nos muestre dónde se encuentra la verdadera vida de la ciudad.

Él nos lleva hasta un lindo edificio donde, en el año de 1754, un hermano mató a otro. El padre de ambos decidió construir ese palacio para albergar una escuela, manteniendo viva la memoria del hijo asesinado. Comento que, al hacer eso, el hijo asesino también sería recordado.

—No es exactamente así —dice Samil—. En nuestra cultura, el criminal comparte la culpa con todos los que le permitieron cometer el crimen. Cuando un hombre es asesinado, el que vendió el arma es responsable también ante Dios. La única forma que tenía el padre de corregir lo que consideraba su error fue transformando la tragedia en algo que pudiera ayudar a los demás.

De repente, todo desaparece: la fachada de la casa, la calle, la ciudad, África. Doy un gigantesco salto hacia la oscuridad, entro en un túnel que sale a un húmedo subterráneo. Estoy ahí ante J., en una de las muchas vidas que viví, 200 años antes del crimen en esa casa. Su mirada es dura, está a punto de censurarme.

Vuelvo al presente con la misma rapidez. Todo ocurrió en una fracción de segundo; la casa, Samil, mi mujer y el bullicio de la calle de Túnez han vuelto. ¿Por qué es eso? ¿Por qué las raíces del bambú chino todavía insisten en envenenar la planta? Todo ya fue vivido y el precio, pagado.

"Fuiste cobarde una vez, mientras que yo fui injusto muchas veces. Pero eso me liberó", había dicho J. en Saint Martin. Él, que nunca me alentara a volver al pasado, que estaba absolutamente en contra de los libros, manuales y ejercicios que lo enseñaban.

—En vez de recurrir a la venganza, que se limita al castigo, la escuela permitió que la instrucción y la sabiduría pudiesen ser transmitidas por más de dos siglos —termina Samil.

Yo no perdí una sola palabra de lo que Samil acababa de decir e, incluso así, había dado un gigantesco salto en el tiempo.

—Eso es.

—¿Qué? —pregunta mi mujer.

—Estoy caminando. Comienzo a entender. Todo está haciendo sentido.

Siento una gran euforia. Samil no está entendiendo bien.

—¿Qué dice el Islam sobre la reencarnación? —pregunto. Samil me mira sorprendido.

—No tengo la menor idea, no soy un estudioso —dice.

Le pido que averigüe. Él toma el celular y comienza a hacer algunas llamadas. Nosotros dos vamos al bar y pedimos cafés fuertísimos. La cena de esta noche será de mariscos, estamos cansados y debemos resistir la tentación de pellizcar algo.

—Tuve un *déjà vu* —explico.

—Todo el mundo lo tiene a veces. Es esa misteriosa sensación de que ya vivimos el momento presente. No se necesita ser mago para eso —bromea Christina.

Claro que no. Pero el *déjà vu* va mucho más allá de una sorpresa que olvidamos rápidamente, porque jamás nos detenemos en algo que no tiene ningún sentido. Muestra que el tiempo no pasa. Es un salto hacia algo que ya fue realmente vivido y está siendo repetido.

Samil desapareció de la vista.

—Mientras el muchacho contaba la historia de la casa, fui lanzado al pasado en una milésima de segundo. Tengo la certeza de que eso ocurrió cuando él comentó que la responsabilidad no es sólo del asesino, sino también de todos aquellos que crearon las condiciones para el crimen. La primera vez que estuve con J., en 1982, él comentó algo sobre mi vínculo con su padre. Nunca volvió a tocar el asunto, y yo también lo olvidé. Pero lo vi hace algunos momentos. Y sé de lo que estaba hablando.

—En esa vida que me contaste...

—Eso. En esa vida. En la Inquisición Española.

—Ya pasó. No vale la pena volver y torturarte por algo que hiciste hace mucho tiempo.

—No me torturo. Hace mucho tiempo aprendí que para curar mis heridas necesitaba tener el valor de enfrentarlas. Aprendí también a perdonarme y a corregir mis errores. Sin embargo, desde que salí de viaje parece que estoy ante un gigantesco rompecabezas, cuyas piezas están comenzando a mostrarse; piezas de amor, de odio, de sacrificio, de perdón, de alegría, de infelicidad. Es por eso que estoy aquí contigo. Me siento mucho mejor, como si de hecho estuviese en busca de mi alma, de mi reino, en vez de quedarme protestando que no logro asimilar todo lo que aprendí.

"No lo logro porque no lo entiendo bien. Pero, cuando lo entienda, la verdad me hará libre."

* * *

Samil está de regreso, con un libro en árabe. Se sienta con nosotros, consulta sus notas y lo hojea con todo respeto, murmurando palabras en árabe.

—Hablé con tres estudiosos —dice, finalmente—. Dos de ellos afirmaron que después de la muerte los justos van al Paraíso. Sin embargo, el tercero me pidió que consultara algunos versículos del Corán.

Veo que está excitado.

—Aquí está el primero: 2:28: *"Alá te hará morir, después te revivirá, y de nuevo volverás a Él"*. Disculpe si mi traducción no es absolutamente correcta, pero eso es lo que quiere decir.

Hojea febrilmente el libro sagrado. Traduce el segundo versículo, 2:154:

—*"Y no digas de aquellos que fueron sacrificados en nombre de Alá: 'Están muertos'. No, ellos están vivos, aunque no logres percibirlos."*

—¡Eso!

—Tengo otros versículos. Pero si quiere saber la verdad, no me siento muy cómodo de discutir eso ahora. Prefiero hablar sobre Túnez.

—Es suficiente. Las personas nunca parten, estamos siempre aquí en nuestras vidas pasadas y futuras. Si quieres saber, ese tema también aparece en la Biblia. Recuerdo un pasaje en el que Jesús se refiere a Juan Bautista como la encarnación de Elías: *"Y si ustedes quisieran aceptar, éste (Juan) es el Elías que había de vivir"*. Pero también hay otros versículos al respecto —comento.

Él comienza a contar algunas leyendas sobre el nacimiento de la ciudad. Y yo entiendo que es hora de levantarnos y de continuar nuestro paseo.

* * *

Hay una linterna en una de las puertas de la antigua muralla, y Samil nos explica su significado:

—Aquí está el origen de uno de los más célebres proverbios árabes: "La luz ilumina sólo al extranjero".

Comenta que el proverbio se aplica muy bien a la situación que estamos viviendo ahora. Samil sueña con ser escritor y luchar por ser reconocido en su propio país, mientras que yo, un autor brasileño, ya soy conocido por aquí.

Explico que nosotros tenemos un proverbio semejante: "Nadie es profeta en su tierra". Siempre tendemos a valorar lo que viene de lejos, sin reconocer jamás todo lo bello que está a nuestro alrededor.

—Sin embargo —continúo—, de vez en cuando necesitamos ser extranjeros de nosotros mismos. Así la luz escondida en nuestra alma iluminará lo que debe ser visto.

Mi mujer parece no estar siguiendo la conversación. Pero en determinado momento se voltea hacia mí y dice:

—Hay algo en esta linterna que no logro explicar exactamente qué es, pero se aplica a ti ahora. Cuando lo sepa, te lo diré.

* * *

Dormimos un poco, cenamos con amigos y vamos a pasear nuevamente por la ciudad. Sólo entonces mi mujer logra decirme lo
que sintió aquella tarde:

—Estás viajando, pero al mismo tiempo no saliste de casa.
Mientras estemos juntos eso va a seguir pasando, ya que tienes a
tu lado a alguien que te conoce, y eso te da la falsa sensación de
que todo es familiar. Por lo tanto, es hora de que sigas adelante
solo. La soledad puede ser muy grande y opresiva, pero terminará desapareciendo si estás más en contacto con los demás.

Continúa después de una pausa:

—Cierta vez leí que no existen dos hojas iguales en un bosque
de cien mil árboles. Tampoco existen dos viajes iguales en el mismo camino. Si continuamos juntos, intentando hacer que las cosas
se ajusten a nuestra manera de ver el mundo, ninguno de nosotros
se va a beneficiar. Te bendigo y te digo: ¡hasta Alemania, para el
primer juego de la Copa Mundial de Futbol!

Si el viento frío pasara

U na muchacha espera fuera del hotel en Moscú, cuando llego con mis editores. Se aproxima y toma mis manos.

—Necesito hablar contigo. Vine de Ekaterinburg sólo para eso.

Estoy cansado. Desperté más temprano que de costumbre, tuve que cambiar de avión en París porque no había vuelo directo, intenté dormir en el viaje, pero cada vez que lograba hacerlo, entraba en una especie de sueño repetido que no me gustaba nada.

Mi editor explica que mañana tendremos una tarde de autógrafos, y que en tres días estaremos en Ekaterinburg, primera parada del viaje en tren. Extiendo la mano para despedirme, y noto que las de ella están muy frías.

—¿Por qué no entraste al hotel para esperarme?

En realidad me gustaría preguntarle cómo descubrió en qué hotel estoy hospedado. Pero eso tal vez no sea tan difícil, y no es la primera vez que ocurre algo parecido.

—Leí tu blog el otro día y entendí que escribías para mí.

Estaba comenzando a postear mis reflexiones sobre el viaje en un blog. Todavía era algo experimental, y como mandaba los textos con anticipación, no sabía exactamente a qué artículo se refería. Incluso así, ciertamente no había ninguna referencia a la joven que conociera apenas algunos segundos antes.

Ella saca un papel impreso con parte de mi texto. Lo sé de corazón, aunque no me acuerde quién me contó la historia: un hombre que necesita dinero pide a su patrón que lo ayude. El patrón lo desafía: si pasa una noche entera en la cima de la montaña, recibirá una gran recompensa, pero si no lo logra, tendrá que trabajar gratis.

El texto continúa:

"Al salir de la tienda, vio que soplaba un viento helado, sintió miedo y decidió preguntar a su mejor amigo, Aydi, si no era una locura hacer esa apuesta.

"Después de reflexionar un poco, Aydi respondió: 'Te voy a ayudar. Mañana, cuando estés en lo alto de la montaña, mira hacia delante. Yo estaré en la cima de la montaña vecina, pasaré la noche entera con una fogata encendida para ti. Mira el fuego, piensa en nuestra amistad, y eso te mantendrá caliente. Vas a lograrlo, y después yo te pediré algo a cambio'.

"Allí superó la prueba, tomó el dinero y fue a la casa de su amigo: 'Me dijiste que querías un pago'.

"Aydi respondió: 'Sí, pero no en dinero. Promete que, si en algún momento el viento frío pasara por mi vida, encenderás para mí el fuego de la amistad'."

Agradezco el cumplido, digo que ahora estoy ocupado, pero que si ella quisiera ir a la única tarde de autógrafos que daré en Moscú, tendré el mayor placer en firmar uno de sus libros.

—No vine a eso. Sé que cruzarás Rusia en tren, y yo voy contigo. Cuando leí tu primer libro, escuché una voz diciéndome que alguna vez tú encendiste para mí un fuego sagrado y que un día tenía que retribuir eso. Muchas noches soñé con ese fuego y pensé en ir hasta Brasil a buscarte. Sé que necesitas ayuda, y estoy aquí para eso.

Las personas que están conmigo ríen. Yo procuro ser gentil, diciendo que nos veremos al día siguiente. El editor explica que alguien me está esperando, aprovecho la disculpa y me despido.

—Mi nombre es Hilal —dice ella, antes de irse.

Diez minutos después subo a mi habitación. Ya me olvidé de la joven que me abordó afuera. No recuerdo su nombre y, si volviese a encontrarla ahora, sería incapaz de reconocerla. Pero algo me había dejado levemente incómodo. Sus ojos reflejaban amor y muerte al mismo tiempo.

Me desnudo completamente, abro la regadera y me meto al agua… uno de mis rituales favoritos.

Coloco la cabeza de tal manera que lo único que puedo escuchar es el ruido del agua en mis oídos; eso me aparta de todo. Ese ruido me transporta a un mundo diferente. Como un director que presta atención a cada instrumento de la orquesta, comienzo a distinguir cada sonido, que se transforma en palabras que no puedo comprender, pero que sé que existen.

El cansancio, la ansiedad, la desorientación de estar cambiando tanto de país, todo eso desaparece. Cada día que pasa veo que el largo viaje está surtiendo el efecto deseado. J. tenía razón, yo me estaba dejando envenenar lentamente por la rutina: las duchas eran sólo para limpiar la piel, las comidas servían para alimentar mi cuerpo, las caminatas no tenían otro propósito que evitar problemas cardiacos en el futuro.

Ahora, las cosas van cambiando; imperceptiblemente, pero van cambiando. Las comidas son momentos en que puedo reverenciar la presencia y las enseñanzas de los amigos, las caminatas volvieron a ser una meditación sobre el momento presente, y el sonido del agua en mis oídos silencia mi pensamiento, me tranquiliza y me hace redescubrir que son los pequeños gestos cotidianos los que nos aproximan a Dios: siempre que yo sepa darles el valor que merecen.

Cuando J. me dijo: "Sal del confort y ve en busca de tu reino", me sentí traicionado, confuso, abandonado. Esperaba una solución o una respuesta a mis dudas, algo que me confortara y me dejara de nuevo en paz con mi alma. Todos los que se lanzan en busca de su reino saben que no van a encontrar nada de eso, sólo desafíos, largos periodos de espera, cambios inesperados o, lo que es peor, tal vez no encontrar nada.

Estoy exagerando. Si buscamos algo, ese algo también nos está buscando.

Incluso así, es preciso estar preparado para todo. En este momento tomo la decisión que faltaba: si no encuentro nada en el viaje en tren, seguiré adelante, porque desde aquel día en el hotel de Londres, entendí que mis raíces estaban listas, pero el alma moría poco a poco a causa de algo muy difícil de detectar y todavía más difícil de curar.

La rutina.

La rutina no tiene nada que ver con la repetición. Para alcanzar la excelencia en cualquier cosa en la vida, es necesario repetir y entrenar.

Entrenar y repetir, aprender la técnica de tal manera que se vuelva intuitiva. Aprendí eso en la infancia, en una ciudad del interior de Brasil donde mi familia iba a pasar las vacaciones de verano. Yo estaba fascinado con el trabajo de un herrero que vivía cerca: se sentaba y permanecía, por lo que parecía una eternidad, mirando su martillo descender sobre el hierro caliente, esparciendo chispas a su alrededor, como fuegos de artificio. Una vez, él me preguntó:

—¿Crees que siempre estoy haciendo lo mismo?

Le dije que sí.

—Estás equivocado. Cada vez que bajo el martillo, la intensidad del golpe es diferente, a veces más fuerte, a veces más suave. Pero sólo lo aprendí después de repetir este gesto durante muchos años. Hasta llegar al momento en que no pienso, dejo que la mano guíe mi trabajo.

Nunca me olvidé de aquella frase.

Compartiendo almas

M iro a cada uno de mis lectores, extiendo la mano, les agradezco por estar ahí. Mi cuerpo puede estar peregrinando, pero cuando mi alma vuela de un lugar a otro nunca estoy solo: soy las muchas personas que conocí y que comprendieron a mi alma a través de los libros. No soy un extranjero aquí en Moscú, como tampoco lo fui en Londres, Sofía, Túnez, Kiev, Santiago de Compostela, Guimarães y todas las ciudades en las que estuve durante este mes y medio.

Escucho una discusión insistente detrás de mí; procuro concentrarme en lo que estoy haciendo. Sin embargo, la discusión no da señales de enfriarse. Finalmente, volteo hacia atrás y le pregunto al editor qué está pasando.

—Esa muchacha de ayer. Dice que quiere estar cerca de cualquier forma.

No me acuerdo de la muchacha de ayer. Pero pido que hagan lo que sea para detener la discusión. Sigo firmando libros.

Alguien se sienta cerca de mí, uno de los de seguridad de la librería viene a retirar a la persona y de nuevo comienza la discusión. Suspendo lo que estoy haciendo.

A mi lado está la muchacha cuyos ojos revelan amor y muerte. Por primera vez reparo en cómo es: cabellos negros, entre 22 y 29 años (soy pésimo para calcular edades), chamarra de cuero usado, jeans, tenis.

—Ya vimos lo que trae dentro de la mochila —dice el de seguridad—. No hay problema. Pero ella no puede quedarse aquí.

Ella sólo sonríe. Un lector ante mí aguarda el final de la conversación para que yo pueda firmar sus libros. Entiendo que la joven no saldrá de ahí de ninguna manera.

—Hilal, ¿recuerdas? Vine a encender el fuego sagrado.

Digo que recuerdo, lo que es mentira. En la fila, las personas comienzan a mostrar impaciencia, el lector que está frente a mí le dice algo en ruso y, por el tono de su voz, noto que no fue nada agradable.

Existe en portugués un famoso proverbio: *"Lo que no tiene remedio, remediado está"*. Como no tengo tiempo para discusiones ahora, y necesito tomar una decisión rápida, sólo pido que ella se aparte un poco para que yo pueda tener alguna intimidad con las personas que están ahí. Ella obedece, se levanta y permanece discretamente en pie, a una distancia razonable.

Segundos después ya me olvidé de su existencia y estoy de nuevo concentrado en lo que hago. Todos me agradecen, yo agradezco a mi vez, y aquellas cuatro horas se pasan como si yo estuviese en el paraíso. Cada hora salgo para fumarme un cigarrillo, pero no estoy nada cansado. Siempre que termino una tarde de autógrafos parece que recargué mis baterías y que mi energía está más alta que nunca.

Al final, pido una salva de aplausos para la excelente organización. Es hora de continuar hacia el próximo compromiso. La joven cuya existencia yo ya había olvidado se dirige de nuevo a mí.

—Tengo algo importante que mostrarte.

—Va a ser imposible —respondo—. Tengo una cena.

—No va a ser imposible —contesta—. Soy Hilal, la que ayer te esperaba en la puerta del hotel. Y puedo mostrarte lo que quiero aquí y ahora, mientras te preparas para salir.

Y antes de que yo pueda reaccionar, ella saca un violín de su mochila y comienza a tocar.

Los lectores que ya se estaban alejando regresan para aquel concierto inesperado. Hilal toca con los ojos cerrados, como si estuviera en trance. Miro el arco que se mueve de un lado al otro, tocando las cuerdas sólo en un pequeño punto y haciendo que las notas de una música que nunca oí comiencen a decirme algo que no sólo yo, sino todos ahí, necesitan escuchar. Hay momentos de pausa, momentos de éxtasis, momentos en que su cuerpo entero baila con el instrumento, pero la mayor parte del tiempo sólo su tronco y sus manos se mueven.

Cada nota deja en cada uno de nosotros un recuerdo, pero es la melodía completa la que cuenta una historia. La historia de alguien que quería acercarse a otra persona, que fue rechazada varias veces y aún así continuó insistiendo. Mientras Hilal toca, recuerdo los muchos momentos en que la ayuda vino justamente de aquellas personas de quienes yo creía que nada aportarían a mi vida.

Cuando ella termina de tocar, no hay aplausos, nada; sólo un silencio casi palpable.

—Gracias —digo.

—Compartí un poco de mi alma, pero todavía falta mucho para que yo cumpla mi misión. ¿Puedo ir contigo?

Generalmente tengo dos reacciones ante la gente que insiste mucho. O me aparto inmediatamente, o me dejo fascinar por completo. No puedo decirle a nadie que los sueños son imposibles. No todos tienen la fuerza de Mónica en aquel bar de Cataluña, y si yo lograra convencer a una sola persona de dejar de luchar por algo de lo que ella tiene la certeza que vale la pena, acabaré también por convencerme a mí mismo, y toda mi vida perderá con eso.

Había sido un día gratificante. Llamo por teléfono al embajador y le pregunto si es posible incluir a un invitado más a la cena. Él dice, gentilmente, que mis lectores me representan.

* * *

Aun cuando el ambiente sea formal, el embajador de Brasil en Rusia lo deja al gusto de cada quien. Hilal apareció con un vestido que considero, como mínimo, de pésimo gusto: lleno de colores, contrastando con la sobriedad de los otros invitados. Sin saber exactamente dónde colocar a la invitada de último momento, los organizadores terminan eligiendo el lugar de honor, al lado del anfitrión.

Antes de dirigirnos a la mesa, mi mejor amigo ruso, un industrial, me explica que tendremos problemas con la subagente, que pasó todo el coctel previo a la cena discutiendo por teléfono con el marido.

—¿Sobre qué, exactamente?

—Parece que usted había quedado de ir al club donde él es gerente, y terminó cancelando.

Realmente había en mi agenda algo como "discutir el menú del viaje por Siberia", lo que era la menor y más irrelevante de mis preocupaciones en aquella tarde en que sólo había recibido energías positivas. Cancelé el encuentro que me pareció surrealista; jamás discutí menús en toda mi vida. Preferí volver al hotel, tomar un baño y sentir de nuevo el ruido del agua llevándome a lugares que no sé explicar ni siquiera para mí mismo.

Se sirven los platos, las conversaciones paralelas se desarrollan naturalmente en la mesa y, en un momento dado, la embajadora gentilmente pregunta quién es Hilal.

—Nací en Turquía y vine a estudiar violín a Ekaterinburgo a los 12 años. ¿La señora tiene idea de cómo seleccionan a los músicos?

No. Las conversaciones paralelas parecen haber disminuido.

Tal vez todos estén interesados en aquella muchacha inconveniente con su horrible vestido.

—Cualquier criatura que comienza a tocar un instrumento practica determinado número de horas por semana. En esta etapa, todas son capaces de formar algún día parte de una orquesta. Sin embargo, a medida que van creciendo, algunas comienzan a practicar más que otras. Finalmente, un pequeño grupo se destaca porque está tocando casi 40 horas por semana. Siempre ocurre que los emisarios de las grandes orquestas visitan las escuelas de música en busca de nuevos talentos, que son invitados a convertirse en profesionales. Ése fue mi caso.

—Por lo visto, encontró usted su vocación —dice el embajador—. No todos tienen esa oportunidad.

—No fue exactamente mi vocación. Comencé a tocar muchas horas por semana porque fui violada cuando tenía 10 años.

La conversación en la mesa para por completo. El embajador intenta cambiar de tema y comenta que Brasil está negociando con Rusia sobre la exportación e importación de maquinaria pesada. Pero nadie, absolutamente nadie ahí está interesado en la balanza comercial de mi país. Me toca a mí retomar el hilo de la historia.

—Hilal, si no te incomoda, creo que todos están muy interesados en esta relación entre una niña violada y una virtuosa del violín.

—¿Qué significa su nombre? —pregunta la embajadora, en un intento desesperado de cambiar definitivamente el rumbo de la conversación.

—En turco significa luna nueva. Es el dibujo que está en la bandera de mi país. Mi padre era un nacionalista radical. Por cierto, es un nombre más apropiado para hombres que para mujeres. Parece que en árabe tiene otro significado, pero no sé bien.

Yo no me doy por vencido:

—Pero, volviendo al asunto, ¿te importaría contarnos? Estamos en familia.

¿En familia? Gran parte de esas personas se habían conocido durante la cena.

Todos parecen estar ocupadísimos con sus platos, cubiertos y copas, fingiendo estar concentrados en la comida, pero locos por escuchar el resto de la historia. Hilal responde como si estuviese diciendo la cosa más natural del mundo.

—Fue un vecino, un señor que todos consideraban gentil, acomedido, la mejor persona para los momentos difíciles. Bien casado, padre de dos hijas de mi edad. Siempre que yo iba a su casa para jugar con las niñas, él me sentaba en su regazo y me contaba lindas historias. Pero mientras hacía eso, su mano paseaba por mi cuerpo, lo que al principio creí ser sólo una demostración de cariño. Conforme el tiempo pasaba, él comenzó a tocar mi sexo, a pedir que yo lo tocara a él, cosas de ese tipo.

Mira a las otras cinco mujeres en la mesa y dice:

—Creo que, desafortunadamente, no es algo tan raro. ¿Están de acuerdo?

Ninguna responde. Mi instinto me dice que por lo menos una o dos de ellas ya experimentó lo mismo.

—En fin, el problema no fue sólo eso. Lo peor fue que a mí me comenzó a gustar, incluso sabiendo que estaba mal. Hasta que un día decidí nunca más regresar ahí, a pesar de que mis padres insistían que debería jugar más con las hijas de mi vecino. En esa época yo estaba aprendiendo violín y le expliqué que no iba bien en las clases y que necesitaba practicar más. Comencé a tocar de manera compulsiva, desesperada.

Nadie se mueve, nadie sabe exactamente qué decir.

—Y como yo cargaba con esta culpa dentro de mí, porque las víctimas acaban creyéndose verdugos, decidí castigarme hasta ahora. Desde que me convertí en mujer, comencé a buscar, en todas mis relaciones con los hombres, el sufrimiento, el conflicto, la desesperación.

Me mira fijamente. La mesa entera lo percibe.

—Pero eso va a cambiar, ¿no es verdad?

Yo, que hasta ese momento estaba dirigiendo la situación, pierdo el control. Todo lo que hago es murmurar "espero que sí", y cambiar súbitamente la conversación hacia el bello lugar donde está ubicada la Embajada de Brasil en Rusia.

* * *

A la salida pregunto dónde está hospedada Hilal, y procuro averiguar con mi amigo industrial si le molestaría llevarla a casa antes de dejarme en el hotel. Él acepta.

—Gracias por el violín. Gracias por haber compartido tu historia con gente a la que jamás has visto en tu vida. Cada mañana, cuando tu mente todavía esté vacía, dedica un poco de tiempo a lo Divino. El aire contiene una fuerza cósmica que cada cultura llama de una forma diferente, pero eso no tiene importancia. Lo importante es hacer lo que te estoy diciendo ahora. Respira hondo y pide que todas las bendiciones que están en el aire entren a tu cuerpo y se esparzan por cada célula. Exhala lentamente, proyectando mucha alegría y mucha paz a tu alrededor. Repite 10 veces lo mismo. Te estarás curando a ti misma y contribuyendo a curar al mundo.

—¿Qué quieres decir con eso?

—Nada. Haz el ejercicio. Poco a poco apagarás lo que sientes con respecto al amor. No te dejes destruir por una fuerza que fue puesta en nuestros corazones para mejorar todo. Inspira absorbiendo lo que existe en los cielos y en la tierra. Exhala esparciendo belleza y fecundidad. Créeme, dará resultado.

—Pero yo no vine hasta aquí para aprender un ejercicio que puedo encontrar en cualquier libro de yoga —dice Hilal, con irritación.

Moscú desfilaba afuera. En verdad me gustaría caminar por aquellas calles, tomar un café, pero el día había sido largo y yo necesitaba levantarme temprano al día siguiente para cumplir con una serie de compromisos.

—Entonces iré contigo, ¿verdad?

¡No es posible! ¿Qué no puede hablar de otra cosa? La conocí hace poco más de 24 horas; si es que podemos llamar "conocer" a un contacto tan fuera de lo común como ése. Mi amigo ríe. Yo trato ser más serio.

—Mira: ya te traje a la cena del embajador. No estoy haciendo este viaje para promover mis libros, sino...

Titubeo un poco.

—... por una cuestión personal.

—Yo lo sé.

Por la forma en que pronunció la frase, tuve la impresión de que realmente sabía. Pero preferí no creer en mi instinto.

—Ya hice sufrir a muchos hombres, y ya sufrí mucho —continúa Hilal—. La luz del amor sale de mi alma, pero no tiene manera de seguir adelante: está bloqueada por el dolor. Por más que inspire y exhale todas las mañanas por el resto de mi vida, no voy a lograr resolver eso. Intenté expresar ese amor a través del violín, pero tampoco basta. Yo sé que tú me puedes curar y que yo puedo curar lo que sientes. Yo encendí el fuego en la montaña de al lado, puedes contar conmigo.

¿Por qué me decía eso?

—Lo que nos hiere es lo que nos cura —prosigue—. La vida ha sido muy dura conmigo, pero al mismo tiempo me ha enseñado muchas cosas. Aun cuando tú no lo veas, mi cuerpo está lleno de llagas, las heridas abiertas sangran todo el tiempo. Cada mañana despierto con ganas de morir antes de que acabe el día, pero sigo viva, sufriendo y luchando, luchando y sufriendo, aferrándome a la certeza de que todo va a terminar un día. Por favor, no me dejes aquí sola. Este viaje es mi salvación.

Mi amigo frena el auto, mete la mano en su bolsillo y le entrega todo su dinero a Hilal.

—El tren no es de él —dice—. Toma, creo que es más que suficiente para un boleto de segunda clase y para hacer tres comidas al día.

Y, volteándose hacia mí:

—Tú sabes el momento por el que estoy pasando. La mujer que amaba murió, y por más que inspire y exhale el resto de mi vida, nunca voy a lograr ser feliz. Mis heridas están abiertas, mi cuerpo lleno de llagas. Entiendo perfectamente lo que esta muchacha está diciendo. Sé que estás haciendo este viaje por alguna razón que desconozco, pero no la dejes así. Si crees en las palabras que escribes, permite que las personas a tu alrededor crezcan junto contigo.

—Perfecto, el tren no es mío. Sabe que estaré siempre rodeado de gente y que rara vez tendremos tiempo para conversar.

Mi amigo arranca de nuevo el auto y conduce en silencio por 15 minutos más. Llegamos a una calle con una plaza arbolada. Ella le indica dónde debe estacionarse, salta, se despide de mi amigo. Yo salgo del carro y la acompaño hasta la puerta del edificio donde está hospedada, en casa de unos amigos.

Ella me da un rápido beso en la boca.

—Tu amigo está equivocado, pero si demuestro alegría, me pediría el dinero de vuelta —dice, sonriendo—. No estoy sufriendo tanto como él. De hecho, nunca fui tan feliz como ahora, porque seguí las señales, tuve paciencia y sé que eso cambiará todo.

Se da vuelta y entra.

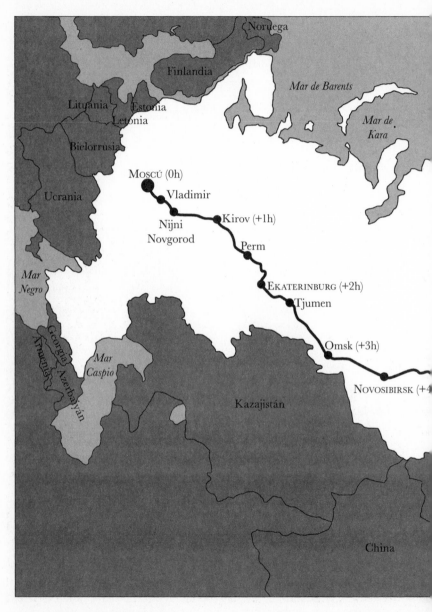

LÍNEA TRANSIBERIANA

Océano
Glacial Ártico

Mar Siberiano
Oriental

Mar de Bering

FEDERACIÓN RUSA

SIBERIA

Mar de Okhotsk

Krasnoyarsk
Tayshet

Lago
Baikal

Birobdjan

Khabarovsk

Tchita (+6h)

RKUTSK (+5h)

Ulan-Ude

Mongolia

VLADIVOSTOK (+7h)

Mar de
Japón

Corea del Norte

Japón

Mar de
China Oriental

Los números entre paréntesis indican la diferencia de huso horario entre las ciudades, tomando como referencia Moscú.

Sólo en este momento, caminando de regreso al auto, mirando a mi amigo que salió a fumar un cigarrillo y que está sonriendo porque vio el beso, escuchando el viento que sopla en los árboles renovados por la fuerza de la primavera, consciente de que estoy en una ciudad a la que amo sin conocerla muy bien, buscando un cigarrillo en mi bolsillo, pensando que mañana comienzo una aventura que soñé hace tanto tiempo, sólo en este momento...

... sólo en este momento me viene a la memoria la profecía del vidente que encontré en casa de Veronique. Él decía algo sobre Turquía, pero no consigo recordar exactamente qué.

9 288

L a Transiberiana es una de las tres vías ferroviarias más grandes del mundo. Comienza en cualquier estación de Europa, pero la parte rusa tiene 9 288 kilómetros, enlazando centenares de pequeñas y grandes ciudades, cruzando el 76% del país y atravesando siete zonas horarias distintas. En el momento en que entro en la estación de trenes de Moscú, a las once de la noche, está amaneciendo en Vladivostok, su destino final.

Hasta finales del siglo XIX, pocos se aventuraban a viajar hasta Siberia, donde se ha registrado la temperatura más baja del planeta: −71.2°C, en la ciudad de Oymyakon. Los ríos que unían a la región con el resto del mundo eran el principal medio de transporte, pero se congelaban ocho meses por año. La población de Asia Central vivía prácticamente aislada, aunque ahí se concentrara buena parte de la riqueza natural del entonces Imperio Ruso. Por razones estratégicas y políticas, el zar Alexandro II aprobó su construcción, cuyo precio final fue superado sólo por el presupuesto militar del Imperio Ruso durante toda la primera Guerra Mundial.

Después de la Revolución Comunista de 1917, la vía sirvió como centro de grandes batallas de la guerra civil que estalló a continuación. Las fuerzas leales al depuesto emperador, principalmente la Legión Checoslovaca, utilizaban vagones blindados que fungían como tanques sobre rieles y podían rechazar así, sin mayores problemas, las ofensivas del Ejército Rojo, ya que eran abastecidas con municiones y provisiones que llegaban del Este. Fue entonces cuando entraron en acción los saboteadores, haciendo explotar puentes y cortando las comunicaciones. El ejército imperial comenzó a retroceder hacia los confines del continente asiático; gran parte cruzó en dirección a Canadá, para esparcirse después por otros países del mundo.

En el momento en que entré en la estación de Moscú, el precio de un boleto de Europa hasta el Océano Pacífico en una cabina compartida con otras tres personas variaba entre 30 y 60 euros.

* * *

Fui hasta el tablero que desplegaba los horarios de los trenes, ¡y *click*! ¡La primera foto que marcaba la partida para las 23:15 horas! Mi corazón estaba disparado, como si estuviese de nuevo en mi casa de la infancia, con el tren eléctrico dando vueltas en torno al cuarto y mi cabeza viajando a lugares distantes, tan distantes como aquel en el que ahora me encontraba.

Mi conversación con J. en Saint Martin, que ocurriera hacía poco más de tres meses, parecía haber sucedido en una encarnación anterior. ¡Qué preguntas idiotas le hice en esa ocasión! ¿Cuál es el sentido de la vida? ¿Por qué no estoy progresando? ¿Por qué el mundo espiritual se aleja cada vez más? La respuesta no podía ser más simple: ¡porque yo ya no estaba viviendo!

Qué bueno era volver a ser niño, sentir la sangre corriendo por las venas y los ojos brillantes, entusiasmarse con la visión de una plataforma llena de gente, aspirar el olor a comida, escuchar el barullo del freno de los otros trenes que arribaban, el sonido agudo de los carros de equipaje y de los silbatos.

Vivir es experimentar, y no estar pensando en el sentido de la vida. Es evidente que no todas las personas necesitan cruzar Asia o recorrer el Camino de Santiago. Conocí a un abad en Austria que casi nunca salía del monasterio de Meik, y aun así entendía el mundo mucho mejor que muchos viajeros que encontré. Tengo un amigo que experimentó grandes revelaciones espirituales mientras miraba dormir a sus hijos. Mi mujer, cuando comienza a pintar un nuevo cuadro, entra en una especie de trance y platica con su ángel de la guarda.

Pero nací peregrino. Aun cuando sienta una inmensa pereza, o nostalgia de casa, en cuanto doy el primer paso soy arrebatado por el sentido del viaje. En la estación de Yaroslavl, caminando en dirección a la plataforma 5, me doy cuenta de que jamás podré llegar adonde quiero si me quedo todo el tiempo en el mismo lugar. Sólo logro conversar con mi alma cuando estamos en los desiertos, en las ciudades, en las montañas, en las calles.

Nuestro vagón es el último del conjunto; será conectado y separado del tren mientras paramos en algunas ciudades en el camino. Desde donde estoy, no logro divisar la locomotora; sólo esa gigantesca serpiente de acero, con mongoles, tártaros, rusos, chinos, algunos sentados en inmensas maletas, todos nosotros esperando que se abran las puertas. Las personas vienen a conversar, pero yo me aparto, no quiero pensar en nada que no sea que estoy aquí, ahora, listo para otra partida, para un nuevo desafío.

*   *   *

El momento de éxtasis infantil debe haber durado apenas cinco minutos, pero absorbí cada detalle, cada sonido, cada olor. No logro acordarme de nada de lo que sucedió después, pero no tiene importancia: el tiempo es una videocinta que podemos hacer avanzar o retroceder.

"Olvida lo que contarás a los demás. El tiempo es aquí. Aprovéchalo."

Llego cerca del grupo y veo que todos están también muy excitados. Me presentan al traductor que me acompañará: se llama Yao; nacido en China, refugiado en Brasil cuando todavía era un niño durante la guerra civil en su país. Con estudios superiores en Japón, es un profesor de lenguas de la Universidad de Moscú. Debe tener unos 70 años, es alto, y el único del grupo que está impecablemente vestido con traje y corbata.

—Mi nombre quiere decir "muy distante" —dice, para romper el hielo.

—El mío significa "pequeña piedra" —respondo, sonriendo. En realidad, tengo esa sonrisa pegada en la cara desde la noche anterior, cuando casi no pude dormir pensando en la aventura del día siguiente. Mi humor no puede ser mejor.

Nuestro vagón está compuesto por cuatro cabinas, baños, una pequeña sala donde imagino que pasaremos la mayor parte del tiempo, y una cocina.

Voy a mi habitación: cama matrimonial, armario, la mesa con la silla volteada hacia la ventana, una puerta que da hacia uno de los baños. Noto que al final hay otra puerta. Me acerco a ella, la abro y compruebo que da hacia una habitación vacía. Por lo que entiendo, ambos cuartos comparten el mismo baño.

Sí, la representante que no vino. ¿Pero qué importancia tiene?

Suena el silbato. El tren comienza a moverse lentamente. Todos corremos a la ventana de la salita y le decimos adiós a gente a la que nunca antes vimos, miramos la plataforma que se va quedando atrás, las luces pasando a creciente velocidad, los rieles que surgen, los cables eléctricos mal iluminados. Me impresiona el absoluto silencio de las personas; nadie de nosotros quiere conversar, todos estamos soñando con lo que puede suceder, estoy totalmente convencido de que nadie está pensando en lo que dejó atrás, sino en lo que encontrará adelante.

Cuando los rieles desaparecen en la noche cerrada, nos sentamos en torno a la mesa. Aun cuando encima de ella hay una cesta con frutas, ya habíamos cenado en Moscú y lo único que realmente despierta el interés general es una reluciente botella de vodka, que es inmediatamente abierta. Bebemos y conversamos de todo menos del viaje: porque éste es el presente, y no los recuerdos del pasado. Bebemos más y comenzamos a hablar un poco de lo que cada uno espera de los próximos días. Volvemos a beber y ahora una alegría general impregna el ambiente. Nos volvemos todos amigos de la infancia.

El traductor me cuenta algo de su vida y sus pasiones: literatura, viajes, artes marciales. Aprendí el aikido por casualidad cuando era joven; él dice que si en algún momento de aburrimiento no tuviéramos de qué hablar, podemos entrenar un poco en el estrecho corredor a un lado de las cabinas.

Hilal conversa con la editora que no quería dejarla entrar. Sé que ambas se están esforzando por superar los malos entendidos, pero también sé que mañana será otro día, que el confinamiento en un mismo espacio termina por exacerbar los conflictos y que en breve estaremos ante otra discusión. Espero que tarde mucho.

El traductor parece leer mis pensamientos. Nos sirve vodka a todos y habla de cómo se enfrentan los conflictos en el aikido:

—No es exactamente una lucha. Siempre intentamos calmar el espíritu y buscar la fuente donde todo nace, removiendo cualquier vestigio de maldad o egoísmo. Si te preocupas demasiado por descubrir lo que hay de bueno y de malo en tu prójimo, te olvidarás de tu propia alma, y la energía que gastaste en juzgar a los demás te dejará exhausto y te derrotará.

Nadie parece estar muy interesado en lo que una persona de 70 años tiene que decir. La alegría inicial provocada por el vodka cede su lugar a un cansancio colectivo. En un momento dado, voy al baño, y cuando regreso la sala está completamente vacía.

Excepto por Hilal, claro.

—¿Dónde está todo el mundo? —pregunto.

—Por educación, esperaban a que te ausentaras. Se fueron a dormir.

—Entonces vete a dormir también.

—Pero yo sé que hay una cabina vacía…

Tomo la mochila y la bolsa, la sujeto delicadamente por el brazo y la acompaño hasta la puerta del vagón.

—No abuses de tu suerte. Buenas noches.

Ella me mira, no dice nada y prosigue en dirección a su cabina, la cual no tengo la menor idea de dónde pueda estar.

Voy hasta mi cuarto y la excitación da lugar a un inmenso cansancio. Pongo la computadora en la mesa, mis santos, que siempre me acompañan, a un lado de la cama y voy al baño a lavarme los dientes. Me doy cuenta de que es una tarea mucho más difícil de lo que imaginaba: el balanceo del tren hace que el vaso de agua mineral que tengo conmigo se transforme en algo dificilísimo de equilibrar. Después de varios intentos, finalmente logro alcanzar mi objetivo.

Me pongo mi camiseta de dormir, me fumo un cigarrillo, apago la luz, cierro los ojos, imagino que ese balanceo debe ser algo parecido al vientre materno y que tendré una noche bendecida por los ángeles.

Dulce ilusión.

Los ojos de Hilal

Cuando finalmente amanece, me levanto, me cambio de ropa y voy a la sala. Todos ya están ahí, incluso Hilal.

—Necesitas escribir un permiso para que yo pueda volver aquí —dice, antes siquiera de que yo pueda dar los buenos días—. Hoy fue un sacrificio llegar aquí, y los vigilantes de cada vagón me dijeron que sólo me dejarían pasar si...

Ignoro sus palabras y saludo a los demás. Les pregunto si pasaron una buena noche.

—No —es la respuesta colectiva.

Por lo visto, no fui sólo yo.

—Yo dormí muy bien —continúa Hilal, sin saber que está provocando la ira colectiva—. Mi vagón está al centro del tren y se mueve mucho menos que éste. Éste es el peor vagón para viajar.

El editor va a decirle alguna grosería, pero por lo visto se controla. Su mujer mira hacia la ventana y enciende un cigarrillo, para disfrazar su irritación. La otra editora hace una cara cuyo mensaje es claro para todos: "¿No les dije que esta muchacha era inconveniente?"

—Voy a poner una reflexión en el espejo todos los días —dice Yao, que por lo visto también debe haber dormido muy bien.

Se levanta, va al espejo que está en la sala y pega un papel donde se lee:

"Quien desee ver el arco iris, debe aprender a disfrutar de la lluvia."

Nadie se entusiasma mucho con esta frase optimista. No es necesario poseer el don de la telepatía para saber lo que pasa por la mente de cada una de aquellas personas: "Dios mío, ¿esto va a durar 9000 kilómetros?"

—Quiero mostrarles una foto que tengo en mi celular —continúa Hilal—. Y traje mi violín, por si desean escuchar música.

Ya estamos escuchando la música que proviene de la radio que está en la cocina. La presión en la cabina comienza a aumentar; en breve, alguien se va a poner realmente agresivo y yo ya no tendré control de la situación.

—Por favor, déjanos tomar café en paz. Estás invitada, si quieres. Después voy a tratar de dormir. Y más tarde veré tu fotografía.

Ruido de truenos; un tren pasa a nuestro lado, en dirección contraria. Eso había estado pasando toda la noche con una regularidad alucinante. Y el balanceo del vagón, en vez de recordarme la mano cariñosa meciendo la cuna, se parecía más a los movimientos de un barman preparando un *dry Martini*. Estoy mal físicamente y con un inmenso sentimiento de culpa por haber hecho que todas aquellas personas se embarcaran en mi aventura. Comienzo a entender por qué el famoso juego del parque de diversiones se llama montaña rusa.

Hilal y el traductor intentan varias veces iniciar una conversación, pero ninguna de las personas en aquella mesa: los dos editores, la mujer del editor, el escritor que tuvo la idea original, da un paso adelante. Tomamos nuestro desayuno en silencio; al otro lado de la ventana, el paisaje se repite constantemente: pequeñas ciudades, bosques, pequeñas ciudades, bosques.

—¿Cuánto falta para Ekaterinburg? —pregunta el editor a Yao.

—Llegaremos esta madrugada.

Suspiro general de alivio. Tal vez podamos cambiar de idea y decir que ya basta con esta experiencia. No es necesario subir una montaña para saber que es alta; no es necesario llegar a Vladivostok para decir que se viajó en el Transiberiano.

—Bien, voy a intentar dormir otra vez.

Me levanto. Hilal se levanta conmigo.

—¿Y el papel? ¿Y la foto del celular?

¿Papel? Ah, sí, el permiso para que pueda volver a nuestro vagón. Antes de que yo pueda decir algo, Yao escribe algo en ruso y me pide que lo firme. Todos en el vagón, yo incluido, lo miramos con furia.

—Añade por favor: sólo una vez por día.

Yao hace lo que le pido, se levanta y dice que irá con uno de los inspectores del tren para pedir que selle la declaración.

—¿Y la foto del celular?

A estas alturas acepto todo, con tal de poder volver a mi habitación. Pero ya no quiero fastidiar a los que me invitaron a este viaje. Le pido a Hilal que me acompañe hasta el final del vagón. Abrimos la primera puerta, y vamos a dar a un cubículo donde están las puertas exteriores del tren, y una tercera que conduce al vagón anterior. El ruido ahí es insoportable porque, además del estruendo de las ruedas sobre los rieles, está el rechinido de las plataformas que permiten pasar de un carro a otro.

Hilal muestra la foto del celular, posiblemente tomada un poco después del amanecer. Una nube a lo largo del cielo.

—Bueno, ¿lo ves?

Sí, estoy viendo una nube.

—Estamos siendo acompañados.

Estamos siendo acompañados por una nube, que a estas alturas ya debe haber desaparecido por completo. Sigo aceptando cualquier cosa con tal de que esta conversación termine ya.

—Tienes razón. Después hablamos de eso. Ahora vuelve a tu cabina.

—No puedo. Tú sólo me diste permiso para venir aquí una vez al día.

El cansancio no me deja pensar bien, y no me di cuenta de que acababa de crear un monstruo. Si ella viene una vez al día, llegará en la mañana y sólo nos dejará por la noche. Más tarde me encargaré de corregir el error.

—Escucha bien: yo también soy un invitado en este viaje. Adoraría tener todo el tiempo tu compañía, siempre estás llena de energía, jamás aceptas un "no" como respuesta, pero sucede que...

Los ojos. Verdes. Desprovistos de maquillaje.

—... sucede que...

Quizás sea el cansancio. Más de 24 horas sin dormir y perdemos casi todas nuestras defensas; me encuentro en ese estado. Aquel cubículo sin muebles, hecho sólo de vidrio y acero, comienza a difuminarse. El ruido empieza a disminuir, la concentración desaparece, ya no tengo plena conciencia de quién soy y en dónde estoy ahora. Hago un esfuerzo, pero no logro pensar bien. Sé que estoy pidiéndole que se comporte, que vuelva por donde vino, pero lo que está saliendo de mi boca no tiene ninguna relación con lo que estoy viendo.

Estoy mirando a la luz, a un lugar sagrado, y una ola viene en mi dirección, llenándome de paz y amor, aunque esas dos cosas nunca anden juntas. Me estoy viendo a mí mismo, pero a la vez están ahí los elefantes con las trompas erguidas en África, los camellos en el desierto, las personas conversando en un bar de Buenos Aires, un perro que atraviesa una calle, el pincel que se mueve en las manos de una mujer que está a punto de terminar un cuadro de una rosa, nieve derritiéndose en una montaña en Suiza, monjes entonando cánticos exóticos, un peregrino llegando ante la iglesia de Santiago, un pastor con sus ovejas, soldados que acaban de despertar y se preparan para la guerra, los peces en el mar, las ciudades y los bosques del mundo... todo tan claro y tan gigantesco, tan pequeño y tan suave.

Estoy en el Aleph, el punto donde todo está en el mismo lugar al mismo tiempo.

Estoy en una ventana mirando al mundo y sus lugares secretos, la poesía perdida en el tiempo y las palabras olvidadas en el espacio. Aquellos ojos me están diciendo cosas que ni siquiera sabemos que existen, pero que están ahí, listas para ser descubiertas y conocidas sólo por las almas, no por los cuerpos. Frases que son perfectamente comprendidas aunque no sean pronunciadas. Sentimientos que exaltan y sofocan al mismo tiempo.

Estoy ante puertas que se abren por una fracción de segundo y después vuelven a cerrarse, pero que permiten vislumbrar lo que está oculto detrás de ellas, los tesoros, las trampas, los caminos no recorridos y los viajes jamás imaginados.

—¿Por qué me miras de esa manera? ¿Por qué tus ojos me están mostrando todo eso?

No soy yo quien habla, sino la muchacha, o la mujer, que está frente a mí. Nuestros ojos se transformaron en espejos de nuestras almas; tal vez no sólo de nuestras almas, sino de todas las almas de todas las criaturas que en ese momento están caminando, amando, naciendo y muriendo, sufriendo o soñando en este planeta.

—No soy yo... sucede que...

No logro terminar la frase porque las puertas siguen abriéndose y revelando sus secretos. Veo mentiras y verdades, danzas exóticas ante lo que parece ser la imagen de una diosa, marineros luchando contra el mar embravecido, una pareja sentada en una playa mirando el mismo océano, que parece calmado y acogedor. Las puertas siguen abriéndose, las puertas de los ojos de Hilal, y comienzo a verme a mí mismo, como si ya nos conociéramos de hace mucho, mucho tiempo…

—¿Qué haces? —pregunta ella.

—El Aleph…

Las lágrimas de la muchacha, o mujer, que está ante mí parecen querer salirse por una de aquellas puertas. Alguien dijo que las lágrimas son la sangre del alma, y es eso lo que empiezo a ver ahora porque entré en un túnel, estoy yendo al pasado, donde también ella me espera, las manos unidas como si estuviese rezando la plegaria más sagrada que Dios concedió a los hombres. Sí, ella está ahí, frente a mí, arrodillada en el suelo y sonriendo, diciendo que el amor puede salvarlo todo, pero miro mis ropas, mis manos, una de ellas sostiene una pluma…

—¡Para! —grito.

Hilal cierra los ojos.

Estoy de nuevo en un vagón de tren en dirección a Siberia y de ahí al Océano Pacífico. Me siento todavía más cansado que antes, entiendo perfectamente lo que pasó, pero soy incapaz de explicarlo.

Ella me abraza. Yo la abrazo a mi vez y acaricio suavemente sus cabellos.

—Yo sabía —dice—. Yo sabía que te conocía. Lo supe desde que vi una foto tuya por primera vez. Es como si tuviéramos que encontrarnos otra vez en algún momento de esta vida. Lo comenté con mis amigos y amigas, y ellos dijeron que yo estaba delirando, que miles de personas deben decir lo mismo acerca de miles de otras personas todos los días. Yo creí que tenían razón, pero la vida… la vida te trajo hasta donde yo estaba. Tú viniste para encontrarme, ¿no es verdad?

Poco a poco me recupero de la experiencia que acabo de tener. Sí, yo sé de qué está hablando, porque hace muchos siglos crucé una de las puertas que ahora vi en sus ojos. Ella estaba con otras personas. Pregunto, con todo cuidado, qué es lo que vio.

—Todo. Creo que jamás lograré explicarlo en toda mi vida. Pero en el momento en que cerré los ojos estaba en un sitio confortable, seguro, como si fuera… mi casa.

No, ella no sabe de lo que está hablando. Todavía no lo sabe. Pero yo sí. Vuelvo a tomar su equipaje y la conduzco de vuelta al salón.

—No puedo pensar ni hablar. Siéntate ahí, lee algo, déjame descansar un poco y luego regreso. Si alguien te dice algo, dile que yo te pedí que te quedaras.

Ella hace lo que pido. Me voy a mi cuarto, me tiro en la cama con todo y ropa y caigo en un sueño profundo.

Alguien toca a la puerta.

—Llegaremos en 10 minutos.

Abro los ojos, ya es de noche. Mejor dicho, debe ser de madrugada. Dormí todo el día y ahora me va a costar volver a adormecerme.

—Van a retirar el vagón y a dejarlo en la estación, así que basta con llevar lo suficiente para dos noches en la ciudad —continúa la voz allá afuera.

Abro las persianas de la ventana. Comienzan a aparecer las luces de afuera, el tren disminuye la velocidad, realmente estamos llegando. Me lavo la cara, preparo rápidamente la mochila con lo necesario para estar dos días en Ekaterinburg. Poco a poco, la experiencia de la mañana comienza a regresar.

Cuando salgo, todos están ya de pie en el corredor; excepto Hilal, que continúa sentada en el mismo lugar en que la había dejado. Ella no sonríe, sólo me muestra un papel.

—Yao me dio el permiso.

Yao me mira y susurra:

—¿Ya leíste el *Tao*?

Sí, ya he leído el *Tao Te King*, como casi todo el mundo en mi generación.

—Entonces sabes que *"Gasta tus energías y te conservarás nuevo"*.

Hace un gesto imperceptible con la cabeza, señalando a la muchacha que todavía sigue sentada. Considero que el comentario es de mal gusto.

—Si estás insinuando que…

—No estoy insinuando nada. Si entendiste otra cosa es porque eso es lo que debe estar en tu cabeza. Lo que quise decir, ya que no logras entender las palabras de Lao Tzu, fue: saca todo lo que estás sintiendo y te renovarás. Por lo que puedo percibir, ella es la persona adecuada para ayudarte.

¿Habrán estado conversando ellos dos? ¿Será que en el momento en que entramos al Aleph, Yao estaba pasando por ahí y vio todo lo que estaba ocurriendo?

—¿Crees en el mundo espiritual? ¿En un universo paralelo, donde el tiempo y el espacio son eternos y siempre presentes? —pregunto.

Los frenos comienzan a rechinar. Yao asiente con la cabeza en señal afirmativa, pero entiendo que en realidad está calculando sus palabras. Finalmente responde:

—No creo en Dios como tú te lo imaginas. Pero creo en muchas cosas que tú ni siquiera sueñas. Si mañana en la noche estás libre, podemos salir juntos.

El tren se detiene. Hilal finalmente se levanta y viene hasta nosotros, Yao sonríe y la abraza. Todos se ponen sus abrigos. Descendemos en Ekaterinburg a la 1:04 de la madrugada.

La Casa Ipatiev

L a omnipresente Hilal desapareció.

Bajé de la habitación pensando en encontrarla en el lobby del hotel, pero no estaba ahí. Aunque había pasado el día anterior prácticamente desmayado en la cama, aun así logré dormir en "tierra firme". Llamo por teléfono al cuarto de Yao y salimos a dar una vuelta por la ciudad. Es exactamente todo lo que necesito ahora: caminar, caminar y caminar, respirar aire puro, mirar la ciudad desconocida y sentirla como si fuese mía.

Yao va relatándome algunos hechos históricos: es la tercera ciudad más grande de Rusia, riquezas minerales, cosas del tipo que encontramos en cualquier folleto turístico, pero no estoy ni siquiera un poco interesado. Nos detenemos ante lo que parece ser una gigantesca catedral ortodoxa.

—La catedral de Sangre fue construida donde antes estaba la casa de un hombre llamado Nicolás Ipatiev. Entremos un rato.

Acepto la sugerencia porque me está comenzando a dar frío. Llegamos a lo que parece ser un pequeño museo, pero todos los letreros están en ruso.

Yao me observa como si yo estuviera entendiendo todo, lo cual no es así.

—¿No sientes nada?

Digo que no. Él parece decepcionado e insiste:

—Pero tú, que crees en mundos paralelos y en la eternidad del momento presente, ¿no estás sintiendo absolutamente nada?

Estoy tentado a contarle que fue justamente eso lo que me trajo hasta ese lugar: mi conversación con J. y mis conflictos internos con respecto a la capacidad de conectarme con mi lado espiritual. Sólo que ahora eso ya no corresponde a la verdad. Desde que partí de Londres, soy otra persona, camino en dirección a mi reino y a mi alma, y eso me deja tranquilo y feliz. Por una fracción de segundo, me acuerdo del episodio en el tren, de la mirada de Hilal, y de inmediato procuro apartarlo de mi mente.

—Si no estoy sintiendo nada, eso no quiere decir necesariamente que esté desconectado. Tal vez en este momento mi energía esté volcada hacia otro tipo de descubrimiento. Estamos en una casa catedral que parece recién construida. ¿Qué pasó aquí?

—El Imperio terminó en la casa de Nicolás Ipatiev. En la noche del 16 al 17 de julio de 1918, la familia de Nicolás II, el último zar de todas las Rusias, fue ejecutada junto con su médico y tres sirvientes. Comenzaron por el propio zar, baleado múltiples veces en la cabeza y en el pecho. Las últimas en morir fueron Anastasia, Tatiana, Olga y María, golpeadas por bayonetas. Dicen que sus espíritus continúan vagando por aquí, buscando las joyas que dejaron atrás. Dicen también que Boris Yeltsin, entonces presidente de Rusia, decidió demoler la antigua casa y construir una iglesia en su lugar, para que los espíritus pudieran irse y Rusia volviera a crecer de nuevo.

—¿Por qué me trajiste aquí?

Por primera vez desde que nos encontramos en Moscú, Yao se queda sin palabras.

—Porque ayer me preguntaste si yo creía en Dios. Creía en Él, hasta que me separó de la persona que más amaba en el mundo, mi mujer. Siempre pensé que me iría antes que ella, pero no fue eso lo que ocurrió —cuenta Yao—. El día que nos conocimos tuve la certeza de que la conocía desde que nací. Llovía mucho, ella no aceptó mi invitación para tomar un té, pero yo sabía que ya éramos como las nubes que se unen en los cielos y no es posible decir dónde comienza una y acaba la otra. Un año después estábamos casados, como si fuera la cosa más esperada y más natural del mundo. Tuvimos hijos, honramos a Dios y a la familia… hasta que un día, llegó el viento y volvió a separar a las nubes.

Espero a que termine lo que quiere decir.

—No es justo. No fue justo. Puede parecer absurdo, pero yo hubiera preferido que todos nos fuéramos juntos a la otra vida, como el zar y su familia.

No, todavía no dice todo lo que deseaba. Espera que yo haga algún comentario, pero me mantengo en silencio. Parece que los fantasmas de los muertos realmente están a nuestro lado.

—Y cuando vi cómo tú y la muchacha se miraban en el tren, en ese cubículo donde están las puertas, me acordé de mi mujer, de su primera mirada, que incluso antes de que dijéramos algo, ya me decía: "Estamos juntos otra vez". Por eso decidí traerte hasta aquí. Para preguntarte si eres capaz de ver lo que no podemos, si sabes dónde está ella en este momento.

Entonces fue testigo del momento en que Hilal y yo penetramos en el Aleph.

Miro de nuevo el lugar, le agradezco el haberme llevado ahí y le pido que continuemos con el paseo.

—No hagas sufrir a esa muchacha. Cada vez que la veo mirándote, me parece que ustedes se conocen de hace mucho tiempo.

Pienso dentro de mí que eso no es exactamente algo que deba preocuparle.

—Me preguntaste en el tren si me gustaría acompañarte en algo que harías hoy en la noche. ¿Sigue en pie la invitación? Podemos hablar sobre eso más tarde. Es una pena que nunca me hayas visto contemplando a mi mujer dormir. También sabrías leer mis ojos y entenderías por qué estamos casados hace casi 30 años.

*   *   *

Caminar le está haciendo mucho bien a mi cuerpo y a mi alma. Estoy completamente concentrado en el momento presente: aquí están las señales, los mundos paralelos, los milagros. El tiempo realmente no existe: Yao es capaz de hablar sobre la muerte del zar como si hubiese ocurrido ayer, mostrar sus heridas de amor como si hubiesen surgido hace apenas unos minutos, mientras que yo me acuerdo de la plataforma del tren en Moscú como algo que quedó en el más lejano pasado.

Nos detenemos en un parque y nos quedamos mirando a las personas. Mujeres con hijos, hombres apresurados, muchachos discutiendo en una esquina, en torno a una radio que toca música a alto volumen. Muchachas reunidas exactamente en el lado opuesto, ocupadas en una conversación muy animada sobre algún asunto sin importancia. Personas de edad con sus largos abrigos de invierno, aunque ya sea primavera. Yao compra dos perros calientes y regresa.

—¿Es difícil escribir? —pregunta.

—No. ¿Es difícil aprender tantos idiomas extranjeros?

—Tampoco. Basta con poner atención.

—Yo vivo poniendo atención y nunca consigo pasar más allá de lo que aprendí cuando era joven.

—Pues yo nunca intenté escribir, porque desde joven me dijeron que requería estudio, lecturas aburridísimas y muchos contactos con intelectuales. Detesto a los intelectuales.

No sé si eso es una indirecta. Estoy comiéndome mi perro caliente y no necesito responder. Vuelvo a pensar en Hilal y en el

Aleph. ¿Se habría asustado y ahora que está en casa desistió del viaje? Hace algunos meses, hubiera estado preocupadísimo con un proceso interrumpido a la mitad, pensando que mi aprendizaje dependía única y exclusivamente de ello. Pero está haciendo sol y si el mundo parece en paz, es porque está en paz.

—¿Qué se necesita para escribir? —insiste Yao.

—Amar. Como tú amaste a tu mujer. Mejor dicho, como tú amas a tu mujer.

—¿Sólo eso?

—¿Ves ese parque que está frente a nosotros? Ahí hay varias historias que, aunque hayan sido contadas muchas veces, siempre vale la pena repetir. El escritor, el cantante, el jardinero, el traductor, somos todos un espejo de nuestro tiempo. Hacemos nuestro trabajo y le ponemos amor. En mi caso, claro que la lectura es importantísima, pero quien se aferra a los libros académicos y a los cursos de estilo, no entiende lo esencial: las palabras son vida puesta en el papel. Por lo tanto, busca a las personas.

—Siempre que veía aquellos cursos de lectura en una universidad en la que enseñaba, todo eso me parecía…

—… artificial, imagino —completo, interrumpiéndolo—. Nadie aprende a amar siguiendo un manual, nadie aprende a escribir asistiendo a un curso. No estoy diciendo que busques a otros escritores, sino que encuentres personas con habilidades diferentes, porque escribir no es distinto a cualquier actividad que se realiza con alegría y entusiasmo.

—¿Escribirías un libro sobre los últimos días de Nicolás II?

—No es algo que me entusiasme mucho. La historia es interesante, pero escribir, para mí, es sobre todo un acto de descubrirme a mí mismo. Si tuviera que darte un único consejo, sería éste: no te dejes intimidar por la opinión ajena. Sólo la mediocridad es segura, por eso corre tus riesgos y haz lo que deseas.

"Busca a las personas que no tienen miedo de equivocarse y, por lo tanto, se equivocan. Por eso, no siempre se les reconoce su trabajo. Pero ése es el tipo de gente que transforma al mundo y, después de muchos errores, logra acertar en algo que hará una completa diferencia en su comunidad."

—Como Hilal.

—Sí, como ella. Pero quiero decirte una cosa: lo que tú sentiste por tu mujer, yo lo siento por la mía. No soy un santo y no tengo la menor intención de serlo, pero, usando tu imagen, éramos dos nubes y ahora somos una sola. Éramos dos cubos de hielo que se derritieron a la luz del sol y ahora somos la misma agua viva.

—E incluso así, cuando pasé y vi la manera en que tú y Hilal se miraban…

Yo no alimento la conversación, y él se calla.

En el parque, un grupo de muchachos nunca mira a las chicas que están a sólo unos metros; sin embargo, ambos grupos están interesadísimos uno en el otro. Los más viejos se la pasan concentrados en sus memorias de la infancia. Las madres les sonríen a los hijos como si ahí estuviesen todos los futuros artistas, millonarios y presidentes de la república. El escenario ante nuestros ojos es la síntesis del comportamiento humano.

—He vivido en muchos países —dice Yao—. Evidentemente, pasé por momentos muy difíciles, me enfrenté a situaciones injustas, fallé cuando se esperaba lo mejor de mí. Pero esas memorias no tienen la menor importancia en mi vida. Las cosas importantes que me quedan fueron los momentos en que escuché a las personas cantando, contando historias, disfrutando la vida. Perdí a mi mujer hace 20 años; sin embargo, parece que fue ayer. Ella todavía está aquí, sentada en este banco con nosotros, recordando los momentos felices que vivimos juntos.

Sí, ella todavía está aquí. Si consiguiera encontrar las palabras adecuadas, terminaría por explicárselo.

Mi sensibilidad está ahora a flor de piel, después de que vi el Aleph y entendí lo que J. había dicho. No sé si voy a lograr resolverlo, pero por lo menos estoy consciente del problema.

—Siempre vale la pena contar una historia, aunque sólo sea a tu familia. ¿Cuántos hijos tienes?

—Dos hombres y dos mujeres. Pero no están muy interesados en mis historias, porque por lo visto ya las repetí muchas veces. ¿Escribirás algún libro sobre tu viaje por la Transiberiana?

—No.

Aunque quisiera… ¿cómo podría describir el Aleph?

El Aleph

L a omnipresente Hilal continúa desaparecida.

Después de controlarme durante buena parte de la cena, agradeciendo a todos por la organización de la tarde de autógrafos, por la música y la danza rusa en la fiesta que siguió (las bandas en Moscú y en otros países normalmente tocaban un repertorio internacional), pregunto si alguien le dio la dirección del restaurante.

Las personas me miran con sorpresa: ¡claro que no! Por lo que habían entendido, esa muchacha no me estaba dejando en paz. Antes no apareció durante mi encuentro con los lectores.

—Podía querer dar otro concierto de violín para robar la cena —comenta la editora.

Yao me mira desde el otro lado de la mesa y entiende que en realidad estoy diciendo lo opuesto: "Adoraría que ella estuviese aquí". ¿Pero por qué? ¿Para visitar el Aleph una vez más y terminar entrando por la puerta que no me trae ningún buen recuerdo? Sé adónde me lleva esa puerta; ya estuve ahí cuatro veces y jamás logré encontrar la respuesta que necesitaba. No fue eso lo que vine a buscar cuando decidí comenzar el largo viaje de regreso a mi reino.

Terminamos de cenar. Los dos invitados que representan a los lectores, elegidos al azar, toman fotos y preguntan si me gustaría conocer la ciudad. Sí, me gustaría.

—Ya tenemos planes —dice Yao.

La irritación de los editores, antes dirigida a la decidida muchacha que insistía en estar siempre presente, comienza a voltearse hacia el traductor que contrataron y que ahora exigía mi presencia, cuando debía ser exactamente lo contrario.

—Creo que él está cansado —dice la editora—. Fue un largo día.

—Él no está cansado. Su energía es muy buena debido a las vibraciones de amor de esta tarde.

Los editores tienen razón. A pesar de su edad, Yao parece estar queriendo mostrarles a todos que ocupa una posición privilegiada en "mi reino". Entiendo su tristeza por ver partir de este mundo a la mujer que amaba y, a la hora adecuada, sabré qué y cómo decirlo. Pero me temo que en este momento me esté queriendo contar "una historia fantástica, que daría para un excelente libro". Ya escuché eso muchas veces, principalmente de gente que perdió a alguien.

Decido que debo dejar a todo el mundo satisfecho:

—Iré caminando al hotel con Yao. Sin embargo, necesito estar a solas un rato. Será mi primera noche de soledad desde que abordamos.

*   *   *

La temperatura descendió más de lo que imaginábamos, el viento está soplando, la sensación de frío es todavía más aguda. Pasamos por una calle con mucho movimiento, y veo que no soy el único en querer ir directo a casa. Las puertas de las tiendas se cierran, las sillas son empinadas encima de las mesas, los letreros luminosos comienzan a apagarse. Incluso así, después de un día y medio encerrado en un tren, y sabiendo que todavía falta una enormidad de kilómetros por recorrer, necesito aprovechar cada oportunidad para hacer algo de ejercicio físico.

Yao se detiene ante un furgón que vende bebidas y pide dos jugos de naranja. Yo no tenía la menor intención de beber nada, pero tal vez sea una buena idea tomar un poco de vitamina C, a causa de la temperatura.

—Guarda el vaso.

No entiendo bien, pero guardo el vaso. Seguimos caminando por la que debe ser la calle principal de Ekaterinburg. En un momento determinado, nos detenemos ante un cine.

—Perfecto. Nadie te reconocerá con la capucha de la chamarra y la bufanda. Vamos a pedir limosna.

—¿Pedir limosna? En primer lugar, no hago eso desde mi época hippie. Además, eso sería una ofensa para quien realmente lo necesita.

—Tú lo necesitas. Cuando visitamos la Casa Ipatiev hubo momentos en que no estabas ahí; parecías distante, atado al pasado, a todo lo que lograste y que estás intentando conservar como sea. Me preocupa la muchacha, y si deseas realmente cambiar un poco, pedir limosna ahora te transformará en otra persona, más inocente, más abierta.

A mí también me preocupa la muchacha. Pero le explico que entiendo perfectamente lo que quiere decir. Sin embargo, una de mis muchas razones para este viaje es justamente volver al pasado, al que está debajo de la tierra, a mis raíces.

Iba a contarle la historia del bambú chino, pero desisto.

—Quien está preso en el tiempo eres tú. En vez de aceptar la pérdida de tu mujer, no te conformas. Y el resultado es que ella sigue aquí, a tu lado, intentando consolarte, cuando a estas alturas debía estar siguiendo de frente, al encuentro de la Luz Divina —en seguida, completo—: Nadie pierde a nadie. Todos somos una única alma que necesita desarrollarse para que el mundo siga adelante y volvamos a reencontrarnos. La tristeza no ayuda en nada.

Él reflexiona sobre mi respuesta, y dice:

—Pero eso no es todo.

—No es todo —concuerdo—. Cuando llegue el momento adecuado, te lo explicaré mejor. Vámonos al hotel.

Yao extiende su vaso y comienza a pedir dinero a los transeúntes. Me pide que haga lo mismo.

—En Japón aprendí, con los monjes zen-budistas, el *Takuhatsu*, la peregrinación para mendigar. Además de ayudar a los monasterios que viven de las donaciones, y forzar al discípulo a ser humilde, esta práctica tiene también otro sentido: purificar la ciudad donde vive. Porque el dador, el pedigüeño y la propia limosna forman parte de una importante cadena de equilibrio.

"El que pide, lo hace porque lo necesita, pero el que da de esta manera lo necesita también. La limosna sirve como vínculo entre las dos necesidades, y el ambiente de la ciudad mejora, ya que todos pudieron realizar las acciones que tenían que suceder. Tú estás en peregrinación, es hora de ayudar a las ciudades que conoces."

Estoy tan sorprendido que no reacciono. Yao se da cuenta de que tal vez exageró; menciona que coloquemos de nuevo los vasos en nuestros bolsillos.

—¡No! ¡Es realmente una excelente idea!

Durante los siguientes 10 minutos nos quedamos ahí, cada uno en una acera, saltando de un pie al otro para combatir el frío, los vasos extendidos hacia las personas que pasan. Al principio sólo sostengo el vaso frente a mí, pero poco a poco voy perdiendo la inhibición y comienzo a pedir ayuda: un extranjero perdido.

Nunca tuve el menor problema en pedir. A lo largo de la vida he conocido a muchas personas que se preocupan por los otros, que son extremadamente generosas a la hora de dar y que encuentran un profundo placer cuando alguien les pide consejo o apoyo. Hasta ahí, todo bien: es excelente poder hacer el bien a nuestro semejante.

Sin embargo, conozco a muy pocas personas que son capaces de recibir algo, incluso cuando les es dado con amor y generosidad. Parece que el acto de recibir hace que se sientan en una posición inferior, como si depender de alguien fuese algo indigno. Piensan: "Si alguien nos está dando algo, es porque somos incompetentes para conseguirlo por propio esfuerzo". O si no: "La persona que ahora me da, un día me va a cobrar con intereses". O incluso, lo que es peor: "Yo no merezco el bien que me quieren hacer".

Pero aquellos 10 minutos ahí me recuerdan quién fui, me educan, me liberan. Al final, cuando cruzo la calle, tengo el equivalente a 11 dólares en mi vaso de jugo de naranja. Yao obtuvo más o menos lo mismo. Al contrario de lo que dice, fue un hermoso regreso al pasado; revivir algo que hace mucho tiempo no experimentaba, y renovar así no sólo a la ciudad, sino a mí mismo.

—¿Qué haremos con el dinero? —pregunto.

Mi opinión sobre él comienza a cambiar otra vez. Debe saber algunas cosas, yo sé otras, y podemos seguir enseñándonos mutuamente.

—En teoría es nuestro, porque nos fue dado. Por lo tanto, guárdalo en un lugar aparte y úsalo en aquello que juzgues importante.

Guardo las monedas en el bolsillo izquierdo; haré exactamente lo que me ha sugerido. Caminamos con pasos rápidos en dirección al hotel, porque el tiempo al aire libre ya quemó todas las calorías de la cena.

* * *

Cuando llego al lobby, la omnipresente Hilal nos está esperando. Con ella están una señora muy bonita y un señor de traje y corbata.

—Hola —digo—. Entiendo que ya volviste a tu casa. Pero fue un gusto que hayas viajado este trecho conmigo. ¿Son tus padres?

El hombre no muestra ninguna reacción, pero la bella señora ríe.

—¡Bueno fuera! Esta muchacha es un prodigio. Lástima que no logra dedicarse lo suficiente a su vocación. ¡Qué gran artista está perdiendo el mundo!

Hilal parece no haber escuchado el comentario. Se vuelve directamente hacia mí:

—¿Hola? ¿Es eso lo único que tienes que decirme después de lo que ocurrió en el tren?

La mujer la mira espantada. Imagino lo que está pensando: ¿qué ocurrió en el tren? ¿Qué no me doy cuenta de que podría ser el padre de esta niña?

Yao explica que llegó la hora de subir a su cuarto. El señor de traje y corbata no reacciona, posiblemente porque no entiende el inglés.

—No ocurrió nada en el tren. ¡Por lo menos no lo que imaginan! En cuanto a ti, muchacha, ¿qué esperabas que dijera? ¿Que te extrañé? Estuve muy ocupado todo el día.

La mujer traduce para el señor de corbata y todos sonríen, incluso Hilal. Por mi frase, entendió que la extrañé, ya que no lo había preguntado y yo lo mencioné espontáneamente.

Le pido a Yao que se quede un poco más porque no sé adónde va a llegar esta conversación. Nos sentamos y pedimos un té. La mujer bonita se presenta como profesora de violín y explica que el señor que la acompaña es el director del conservatorio local.

—Creo que Hilal es uno de esos grandes talentos desperdiciados —dice la profesora—. Es extremadamente insegura. Ya he dicho esto varias veces y lo repito ahora. No tiene confianza en lo que hace, cree que no es reconocida, que las personas detestan su repertorio. No es verdad.

¿Hilal insegura? Creo que he conocido a pocas personas tan decididas como ella.

—Y como toda persona que tiene mucha sensibilidad —continúa la profesora de ojos dulces y complacientes—, es un poco... digamos... inestable.

—¡Inestable! —repite Hilal en voz alta—. Una palabra educada para decir: ¡LOCA!

La profesora se vuelve hacia ella con cariño y voltea de nuevo hacia mí, aguardando a que yo diga algo. No digo nada.

—Sé que el señor puede ayudarla. Supe que la vio tocando el violín en Moscú. Y supe también que ella fue aplaudida. Eso nos da una idea de su talento, porque los habitantes de Moscú son muy exigentes con la música. Hilal es disciplinada, estudia más que la mayoría, ya tocó en orquestas importantes aquí en Rusia, y viajó al extranjero con una de ellas. Pero, de repente, algo sucedió. Ya no pudo progresar.

Creo en la ternura de esa mujer. Pienso que ella sinceramente quiere ayudar a Hilal y a todos nosotros. Pero la frase "de repente, algo sucedió. Ya no pudo progresar" resonó en mi corazón. Era justamente por esa misma razón que yo estaba aquí.

El señor de corbata no logra participar en la conversación; su presencia ahí debe ser para apoyar a la bella mujer de los ojos dulces y a la talentosa violinista. Yao finge estar concentrado en el té.

—¿Pero yo qué puedo hacer?

—El señor sabe lo que puede hacer. Aun cuando ella no sea una niña, sus padres están preocupados. Ella no puede detener su carrera profesional en medio de los ensayos y seguir una ilusión.

La mujer bonita hace una pausa. Entiende que la frase adecuada no era exactamente la que acababa de decir.

—O sea, ella puede ir al Pacífico en cualquier otra ocasión, pero no en este momento, cuando tenemos que ensayar un nuevo concierto.

Yo estoy de acuerdo. No importa lo que yo diga, Hilal hará exactamente lo que tenga en mente. Pienso que trajo a esos dos para probarme, saber si realmente es bienvenida o si debe parar ahora.

—Agradezco mucho su visita. Respeto su cuidado y su compromiso con el trabajo —digo, levantándome—. Pero no fui yo quien invitó a Hilal. No soy yo quien está pagando su pasaje. No la conozco bien.

La mirada de Hilal dice: "Mentira". Pero yo continúo.

—De manera que, si mañana ella estuviera en el tren en dirección a Novosibirski, no será absolutamente mi responsabilidad. Por mí, ella se quedaba aquí. Si la señora logra convencerla de eso, no sólo tendrá mi gratitud, sino la de muchas personas en el tren.

Yao y Hilal lanzan una carcajada.

La bella mujer me agradece, dice que entiende perfectamente mi situación, y que platicará con ella, le explicará un poco más sobre las realidades de la vida. Nos despedimos, el señor de traje y corbata aprieta mi mano, sonríe y, no sé por qué, pienso que él está loco porque Hilal siga su viaje. Ella debe ser un problema para toda la orquesta.

Yao me da las gracias por esa noche especial y sube a su habitación. Hilal no se mueve.

—Me voy a dormir. Ya escuchaste la conversación. Y francamente, no entiendo qué fuiste a hacer al Conservatorio de Música: ¿pedir permiso para continuar? ¿Decir que estabas viajando con nosotros y despertar la envidia de tus compañeros?

—Fui para saber que existo. Después de lo que sucedió en el tren ya no tengo la certeza de nada. ¿Qué fue aquello?

Entiendo lo que quiere decir. Recuerdo mi primera experiencia con el Aleph, completamente por casualidad, en un campo de concentración de Dachau, en Alemania, en 1982. Quedé confundido por algunos días, y si no hubiese sido por mi mujer, habría estado seguro de que tenía un derrame cerebral.

—¿Qué te pasó? —insisto.

—Mi corazón se disparó, creí que ya no estaba en este mundo, sentí un pánico absoluto y vi la muerte de cerca. Todo a mi alrededor parecía extraño, y si no me hubieras sujetado del brazo, creo que no hubiera podido moverme. Tenía la sensación de que ante mis ojos aparecían cosas importantísimas, pero no logré comprender ninguna de ellas.

Me dieron ganas de decirle: acostúmbrate.

—El Aleph —digo.

—En algún momento de aquel tiempo interminable en que permanecí en un trance como jamás experimenté, te escuché diciendo esa palabra.

El simple recuerdo de lo que ocurrió hace que ella tenga miedo otra vez. Es hora de aprovechar el momento:

—¿Todavía crees que debes seguir el viaje?

—Más que nunca. El terror me fascinó siempre. Recuerda la historia que conté en la embajada…

Pido que vaya al bar y traiga café; sólo ella puede conseguirlo, porque somos los únicos clientes y el barman debe estar loco por apagar las luces. Ella hace lo que le pido, discute con el muchacho, pero regresa con dos tazas de café turco, sin filtrar. Como brasileño, el café fuerte de noche no me asusta: duermo bien o mal dependiendo de otras cosas.

—No hay forma de explicar el Aleph, como tú misma viste. Pero en la Tradición mágica se presenta de dos maneras. La primera es un punto en el universo que contiene a todos los otros puntos, presentes y pasados, pequeños o grandes. Generalmente lo descubrimos por casualidad, como pasó en el tren. Para que eso suceda, la persona o personas tienen que estar en el lugar físico donde él está. A eso le llamamos el pequeño Aleph.

—O sea: ¿todos los que entren en ese vagón y vayan a ese sitio, sentirán lo que sentimos?

—Si me dejas hablar hasta el final, tal vez comprendas. Sí, la persona va a sentir, pero no en la forma en que sentimos. Tú ya debes haber ido a una fiesta y descubierto que en determinado lugar del salón te sientes mejor y más segura que en otro. Eso es una comparación muy pálida con el Aleph, pero la energía divina fluye en forma distinta para cada quien. Si encuentras el lugar correcto donde estar en la fiesta, esa energía te ayuda a ser más segura y a estar más presente. En caso de que una persona pasara por ese punto del vagón, tendrá una sensación extraña, como si lo supiese todo. Pero no se va a detener a prestar atención, y el efecto se disolverá al momento siguiente.

—¿Cuántos de esos puntos existen en el mundo?

—No sé exactamente. Pero son millones.

—¿Y cuál es la segunda cosa?

—Antes es necesario completar: el ejemplo de la fiesta es sólo una comparación. El pequeño Aleph siempre aparece por casualidad. Vas caminando por una calle, o te sientas en determinado lugar, y de repente el Universo entero está ahí. Lo primero que surge son unas ganas inmensas de llorar, no de tristeza ni de alegría, sino de emoción. Sabes que estás *comprendiendo* algo, aun cuando no puedas explicarlo, ni siquiera a ti misma.

El barman se acerca a nosotros, dice algo en ruso y me da una nota para firmar. Hilal explica que debemos salir. Caminamos hasta la puerta.

—¡Salvado por la campana!

—Continúa: ¿cuál es la segunda cosa?

Por lo visto, la partida todavía no terminó.

—La segunda cosa es el gran Aleph.

Es mejor explicarlo todo de una vez, ahora que ella puede volver al conservatorio de música y olvidar todo lo que había ocurrido.

—El gran Aleph ocurre cuando dos o más personas que tienen algún tipo de afinidad muy grande se encuentran por casualidad en el pequeño Aleph. Esas dos energías diferentes se completan y provocan una reacción en cadena. Esas dos energías...

No sé si debo ir más allá, pero es inútil. Hilal completa la frase:

—Son el polo positivo y negativo de cualquier batería, lo que hace que se encienda la lámpara. Ellas se transforman en la misma luz. Los planetas que se atraen y acaban colisionando. Los amantes que se encuentran después de mucho, mucho tiempo. El segundo es el que es provocado también por casualidad cuando dos personas que el Destino eligió para una misión específica se encuentran en el lugar adecuado.

Eso mismo. Pero quiero estar seguro de que entendió.

—¿Qué quieres decir con "lugar adecuado"? —pregunto.

—Quiero decir que dos personas pueden vivir una vida entera juntas, trabajar juntas, o pueden encontrarse sólo una vez, y se despedirán para siempre porque no pasaron por el punto físico que hace brotar de manera descontrolada lo que las unió en este mundo. O sea, se apartan sin entender bien qué las acercó. Pero, si Dios así lo quiere, quienes una vez conocieron el amor se vuelven a encontrar.

—No necesariamente. Pero las personas que tuvieron afinidades, como mi maestro y yo, por ejemplo...

—... antes, en vidas pasadas —me interrumpe ella—. Que, en esa fiesta que usaste como ejemplo, se encuentran en el pequeño Aleph y se enamoran inmediatamente. El famoso amor a primera vista.

Es mejor continuar con el ejemplo que ella estaba usando.

—Que a su vez no es "a primera vista", sino que está ligado a toda una serie de cosas que ya ocurrieron en el pasado. Eso no quiere decir que TODO encuentro esté relacionado con el amor romántico. La mayoría de ellos ocurre porque existen cosas que todavía no están resueltas, y necesitamos de una nueva encarnación para poner en su lugar adecuado lo que fue interrumpido a la mitad. Estás leyendo cosas que no corresponden a la realidad.

—Yo te amo.

—No, no es eso lo que estoy diciendo —me exaspero—. Ya encontré a la mujer que necesitaba encontrar en esta encarnación. Tardó tres matrimonios, pero ahora no pretendo dejarla por nadie de este mundo. Nos conocemos desde hace muchos siglos y seguiremos juntos por los siglos venideros.

Pero ella no quiere escuchar el resto. De la misma forma en que hiciera en Moscú, me da un rápido beso en la boca y sale a la noche helada de Ekaterinburg.

Los soñadores no pueden ser domados

La vida es el tren, no la estación. Y después de casi dos días de viaje, es el cansancio, la desorientación, la tensión que crece cuando un grupo de personas está confinado en un mismo lugar, y la nostalgia de los días que pasamos en Ekaterinburg.

El día que embarcamos, encontré en la recepción del hotel un mensaje de Yao, preguntando si no me gustaría entrenar un poco de aikido, pero no le respondí: necesitaba estar algunas horas a solas.

Pasé toda esa mañana haciendo el máximo ejercicio físico posible, lo que para mí significa caminar y correr. Así, cuando volviese al vagón, seguramente estaría lo bastante cansado como para dormir. Logré hablar por teléfono con mi mujer; mi celular no funcionaba en el tren. Le expliqué que tal vez la Transiberiana no había sido la mejor idea del mundo, que no estaba convencido de seguir hasta el final, pero que de cualquier manera estaba siendo válida como experiencia.

Ella me contestó que lo que yo decidiera estaba bien para ella, que no me preocupara, porque estaba ocupadísima con sus pinturas. Sin embargo, había tenido un sueño que no lograba comprender: yo estaba en una playa; alguien llegaba del mar y me decía que finalmente estaba cumpliendo mi misión. En seguida, desaparecía.

Le pregunté si era hombre o mujer. Me explicó que el rostro estaba oculto bajo una capucha, por lo que no sabía la respuesta. Me bendijo y repitió que no me preocupara, que Río de Janeiro estaba hecho un horno a pesar de ser otoño. Pero que yo siguiera mi intuición, sin importar lo que dijeran los demás.

—En ese mismo sueño, había una mujer o una joven, no sé exactamente, en la playa contigo.

—Hay una joven aquí. No sé exactamente su edad, pero debe tener menos de 30 años.

—Confía en ella.

* * *

Parte de la tarde me reuní con los editores, concedí algunas entrevistas, cenamos en un excelente restaurante y nos fuimos a la estación alrededor de las once de la noche. Atravesamos los Montes Urales, la cadena de montañas que separa a Europa de Asia, en plena oscuridad. Nadie pudo ver absolutamente nada.

A partir de ahí, volvió a instalarse la rutina. Cuando amanecía, como movidos por una señal invisible, todos estaban otra vez en torno a la mesa del desayuno. De nuevo, nadie había conseguido pegar el ojo. Ni el mismo Yao, que parecía estar acostumbrado a este tipo de viaje; tenía un aire cada vez más triste y más cansado.

Como siempre, Hilal esperaba ahí. Y como siempre, había dormido mejor que todo el mundo. Comenzábamos la conversación con las quejas sobre el balanceo del vagón, comíamos, yo volvía a mi cabina para intentar dormir, me levantaba después de algunas horas, iba a la salita, encontraba a las mismas personas, comentábamos sobre los miles de kilómetros que todavía teníamos por delante, mirábamos por la ventana, fumábamos, escuchábamos la música sin gracia que salía del sistema de altoparlantes del tren.

Hilal ahora casi no decía nada. Se instalaba siempre en el mismo rincón, abría un libro y comenzaba a leer, cada vez más ausente del grupo. A nadie parecía molestarle eso, excepto a mí, que pensaba que su actitud era una absoluta falta de respeto para todos. Sin embargo, ponderando sobre la otra posibilidad, la de sus comentarios siempre inapropiados, opté por no decir nada.

Terminaba el desayuno, volvía de nuevo a mi cabina, escribía un poco, intentaba dormir otra vez, cabeceaba algunas horas, y ahora la noción del tiempo se estaba perdiendo rápidamente, todos lo decían. Ya nadie se preocupaba por el hecho de que fuera de día o de noche; nos guiábamos por las comidas, como imagino que hacen los prisioneros.

En algún momento, todos regresaban a la salita, se servía la cena, más vodka que agua mineral, más silencio que conversación. El editor me contó que, cuando yo no estaba cerca, Hilal tocaba un violín imaginario, como si estuviera practicando. Sé que los jugadores de ajedrez hacen lo mismo: trabajan partidas enteras en sus cabezas, a pesar de la ausencia del tablero.

—Sí, ella está tocando música silenciosa para seres invisibles. Tal vez lo estén necesitando.

* * *

Otro desayuno. Sin embargo, hoy las cosas son diferentes; como ocurre con todo en esta vida, estamos comenzando a acostumbrarnos. Mi editor se queja de que su celular no logra funcionar bien (el mío no funciona nunca). Su mujer está vestida como una odalisca, lo que me parece gracioso y absurdo al mismo tiempo. Aunque no hable inglés, siempre logramos entendernos muy bien a través de gestos y miradas. Hilal decidió participar de la conversación, contando un poco sobre las dificultades que tienen los músicos para vivir de su trabajo. A pesar de todo el prestigio, un músico profesional puede llegar a ganar menos que un chofer de taxi.

—¿Qué edad tienes? —pregunta la editora.

—Veintiún años.

—No parece.

"No parece" generalmente significa "te ves más vieja". Lo que realmente era verdad. Jamás pude imaginar que fuese tan joven.

—El director del Conservatorio de Música me buscó en el hotel en Ekaterinburg —continúa la editora—. Dice que tú eres una de las violinistas más talentosas que ha conocido. Pero que de repente te desinteresaste por completo de la música.

—Fue el Aleph —responde ella, sin mirarme directamente.

—¿Aleph?

Todos la miran sorprendidos. Yo finjo no haber escuchado.

—Eso mismo. El Aleph. No podía encontrarlo, la energía no fluía como yo esperaba. Algo estaba bloqueado en mi pasado.

Ahora, la conversación parece completamente surrealista. Yo sigo quieto, pero mi editor intenta arreglar la situación.

—Publiqué un libro sobre matemáticas que tenía esa palabra en el título. En lenguaje técnico, significa "el número que contiene todos los números". El libro era sobre cábala y matemáticas. Los matemáticos usan el Aleph como una referencia para el número cardinal que define el infinito…

Nadie parece estar siguiendo la explicación. Él se detiene a la mitad.

—Está también el Apocalipsis —digo, como si fuera la primera vez que escuchara sobre el asunto—. Cuando el Cordero define qué es el inicio y el fin, aquel que está más allá del tiempo. Es la primera letra de los alfabetos hebreo, árabe y arameo.

A estas alturas, la editora está arrepentida de haber convertido a Hilal en el centro de las atenciones. Es necesario mortificar todavía un poco más.

—Como sea, para una muchacha de 21 años, que acaba de salir de la escuela de música y tiene una carrera brillante ante sí, haber venido de Moscú a Ekaterinburg debería ser suficiente.

—Más siendo una *spalla*.

Hilal observó la confusión que causó la palabra anterior y se divierte en provocar a la editora con otro término misterioso.

La tensión crece. Yao decide intervenir:

—¿Eres *spalla*? ¡Felicidades!

Y volteándose hacia el grupo:

—Como todos ustedes saben, el *spalla* es el primer violín de la orquesta. El último concertista en entrar al escenario antes del director, sentado siempre en la primera fila a la izquierda. Es el responsable de afinar a todos los instrumentos. Tengo una interesante historia que contar a ese respecto, y ocurrió justamente cuando estaba en Novosibirsk, nuestra próxima parada. ¿Quieren oírla?

Todos aceptan, como si supiesen exactamente lo que esa palabra significaba.

La historia de Yao no es tan interesante, pero evitó el enfrentamiento entre Hilal y la editora. Al final de un aburridísimo discurso sobre las maravillas turísticas de Novosibirsk, los ánimos están calmados, las personas piensan nuevamente en volver a sus cuartos e intentar descansar un poco, y yo me arrepiento, una vez más, de la idea de atravesar un continente entero en tren.

—Olvidé colocar la reflexión de hoy.

Yao escribe en un papel amarillo: "Los soñadores no pueden ser domados", y lo pega en el espejo junto al anterior.

—Un periodista de TV nos espera en una de las próximas estaciones, y pregunta si puede entrevistarte —comenta el editor.

Claro que sí. Acepto cualquier distracción, cualquier cosa que haga pasar el tiempo.

—Escribe sobre el insomnio —sugiere el editor—. Quién sabe si ayudará a dormir.

—Yo también quiero entrevistarte —interrumpe Hilal, y veo que salió del letargo en el que se encontraba el día anterior.

—Haz una cita con mi editor.

Me levanto, voy a la cabina, cierro los ojos y paso las dos horas siguientes dando vueltas de un lado al otro, como de costumbre; a estas alturas, mi mecanismo biológico ya está completamente desequilibrado. Y, como toda persona insomne, creo que puedo usar el tiempo para reflexionar y pensar sobre cosas interesantes, lo cual es absolutamente imposible.

Comienzo a escuchar una música. Al principio, pienso que la percepción del mundo espiritual ha regresado sin que yo tenga que hacer esfuerzo alguno. Pero poco a poco me voy dando cuenta de que, más allá de la música, escucho el ruido de las ruedas del tren en los rieles y de los objetos balanceándose en mi mesa.

La música es real. Y viene del baño. Me levanto y voy allá.

Hilal ha puesto un pie dentro de la tina y el otro fuera de ella y, equilibrándose como puede, toca su violín. Sonríe cuando me ve, porque estoy sólo en calzoncillos. Pero la situación me parece tan natural, tan familiar, que no hago el menor esfuerzo por regresar y ponerme los pantalones.

—¿Cómo entraste?

Ella no interrumpe la música; señala con la cabeza hacia la puerta del cuarto contiguo, que comparte el mismo baño con el mío. Hago una señal afirmativa y me siento en el otro extremo de la tina.

—Esta mañana desperté sabiendo que necesito ayudarte a entrar de nuevo en contacto con la energía del Universo. Dios pasó por mi alma y me dijo que, si eso sucede contigo, también sucederá conmigo. Y me pidió que viniera aquí a ayudarte a conciliar el sueño.

Yo jamás había comentado con ella que en determinado momento hubiera tenido la sensación de perder ese contacto. Y su gesto me conmueve. Los dos intentando mantener el equilibrio en un vagón que se mueve de un lado al otro, el arco tocando la cuerda, la cuerda emitiendo un sonido, el sonido esparciéndose por el espacio, el espacio transformándose en tiempo musical y la paz que se transmite a través de un simple instrumento. La luz divina que emana de todo lo que es dinámico, activo.

El alma de Hilal está en cada nota, en cada acorde. El Aleph me reveló un poco de la mujer que está frente a mí; no recuerdo cada detalle de nuestra historia juntos, pero ya nos encontramos antes. Espero que ella jamás descubra en qué circunstancias. En este momento exacto ella me está envolviendo con la energía del amor, como posiblemente lo hizo también en el pasado; que siga así, porque eso es lo único que siempre nos salvará, independientemente de los errores cometidos. El amor es siempre más fuerte.

Comienzo a vestirla con las ropas que ella usaba cuando la encontré la última vez que nos vimos a solas, antes de que otros hombres llegaran a la ciudad y cambiaran toda la historia: chaleco bordado, blusa blanca con encajes, falda larga hasta los tobillos, casaca de terciopelo negro con hilos de oro. La escucho hablar sobre sus conversaciones con los pájaros, y de todo lo que las aves les dicen a los hombres, aunque los hombres no las escuchen bien. En este momento soy su amigo, su confesor, su...

Me detengo. No quiero abrir esa puerta, a menos que sea absolutamente necesario. Ya pasé por ella otras cuatro veces y no llegué a ningún lugar. Sí, recuerdo a las ocho mujeres que estaban ahí, sé que un día tendré la respuesta que me está faltando, pero eso jamás me impidió seguir adelante en mi vida actual. La primera vez me asusté muchísimo, pero después entendí que el perdón sólo funciona para quien lo acepta.

Yo acepté el perdón.

Hay un momento en la Biblia, durante la última cena, en que Jesús dice la misma frase: "Uno de ustedes me negará, y el otro me traicionará". Contempla ambos crímenes como igualmente graves. Judas lo traiciona y, corroído por la culpa, termina ahorcándose. Pedro lo niega, no sólo una, sino tres veces. Tuvo mucho tiempo para recapacitar e insistió en el error. Pero, en vez de castigarse a sí mismo por eso, usa su franqueza como fortaleza; se convierte en el primer gran predicador del mensaje de aquel a quien abandonó cuando más necesitaba su compañía.

O sea: el mensaje de amor era mayor que el de error. Judas no lo entendió, y Pedro lo utilizó como su herramienta de trabajo.

No quiero abrir esta puerta, porque es como un dique conteniendo al océano. Basta hacer un pequeño agujero y poco después la presión del agua habrá destrozado todo e inundado lo que no debía ser inundado. Estoy en un tren y existe sólo una mujer llamada Hilal, originaria de Turquía, *spalla* de una orquesta, tocando el violín en el baño. Comienzo a sentir sueño, el remedio está surtiendo efecto. Mi cabeza se inclina, mis ojos se cierran. Hilal interrumpe la música y me pide que me acueste. Obedezco.

Ella se instala en la silla y continúa tocando. Y de repente, ya no estoy en el tren, sino en aquel jardín donde la vi con la blusa blanca; estoy navegando por un túnel profundo que me llevará a la nada, al sueño pesado y sin sueños. Lo último que recuerdo antes de dormirme es la frase que Yao colocó en el espejo aquella mañana.

Yao me está llamando.

—Ya llegó el periodista.

Todavía es de día, el tren está detenido en una estación. Me levanto con la cabeza dando vueltas, entreabro la puerta y veo afuera a mi editor.

—¿Cuánto tiempo dormí?

—Creo que todo el día. Son las cinco de la tarde.

Explico que necesito tiempo: tomar un baño, despertar de verdad, para no decir cosas de las que me arrepentiré después.

—No te preocupes. El tren estará parado durante la próxima hora.

Qué bueno que estamos parados: tomar un baño con el balanceo del vagón es una tarea difícil y peligrosa, puedo resbalar, machucarme y terminar el viaje de la manera más idiota posible: con un aparato ortopédico. Siempre que entro en esa tina, parezco experimentar las sensaciones que tenemos en una tabla de surf. Pero hoy fue fácil.

Quince minutos después, salgo, tomo un café con todos, me presentan al periodista y le pregunto cuánto tiempo necesita para la entrevista.

—Acordamos una hora. Mi idea es acompañarlos hasta la próxima estación y…

—Diez minutos. Enseguida, el señor puede bajarse aquí mismo, no quiero atrapar su vida.

—Pero no está…

—No quiero atrapar su vida —respondo—. En realidad, no debería haber aceptado ninguna entrevista, pero me comprometí en un momento en el que no estaba pensando con claridad. Mi objetivo en este viaje es otro.

El periodista mira al editor, que se voltea hacia la ventana. Yao pregunta si la mesa es un buen lugar para grabar.

—Yo preferiría el espacio que da hacia las puertas del tren.

Hilal me mira; ahí está el Aleph.

¿No se cansa ella de estar todo el tiempo en esa mesa? Me pregunto si, después de tocar y enviarme a un lugar sin tiempo ni espacio, se quedó mirándome dormir. Tendremos tiempo, bastante tiempo para hablar después.

—Perfecto —respondo—. Puede montar la cámara. Pero sólo por curiosidad: ¿por qué en un cubículo tan pequeño, tan ruidoso, cuando podría ser aquí?

Sin embargo, el periodista y la cámara ya van en dirección al lugar, y nosotros los seguimos.

—¿Por qué en este espacio tan pequeño? —insisto, mientras comienzan a montar el equipo.

—Para dar al telespectador un sentido de realidad. Aquí pasan todas las historias de viaje. Las personas salen de sus cabinas y, como el corredor es estrecho, vienen aquí a conversar. Los fumadores se encuentran. Alguien que hizo una cita y que no quiere que otros lo sepan. Todos los vagones tienen esos espacios en los dos extremos.

En ese momento, el cubículo está ocupado por mí, el camarógrafo, el editor, el traductor, Hilal y un cocinero que vino a presenciar la conversación.

—Sería mejor tener un poco de privacidad.

Aunque una entrevista para TV sea la cosa menos privada del mundo, el editor y el cocinero se apartan. Hilal y el traductor no se mueven.

—¿Puede hacerse un poco a la izquierda?

No, no puedo. Ahí está el Aleph, creado por las muchas personas que estuvieron en ese lugar. Aun cuando Hilal esté a una distancia segura y, aun sabiendo que la inmersión en el punto único sólo se daría si estuviésemos juntos ahí, creo que es mejor no correr el riesgo.

La cámara está encendida.

—Antes de comenzar, el señor dijo que las entrevistas y la promoción no eran su objetivo en este viaje. ¿Nos puede explicar por qué decidió hacer la Transiberiana?

—Porque tenía ganas. Un sueño de adolescente. Nada demasiado complicado.

—Por lo que entiendo, un tren como este no es el sitio más confortable del mundo.

Enciendo mi piloto automático y comienzo a responder sin pensar mucho. Las preguntas continúan: sobre la experiencia, las expectativas, los encuentros con los lectores. Yo voy respondiendo con paciencia, respeto, pero estoy loco por que esto ya acabe. Calculo mentalmente que ya pasaron los 10 minutos, pero él sigue preguntando. Discretamente, de manera que la cámara no lo capte, hago con la mano una señal diciendo que estamos llegando al final. Él se desconcierta un poco, pero no pierde la pose.

—¿El señor viaja solo?

La luz de "¡Alerta!" se enciende delante de mí. Por lo visto el rumor ya está circulando. Y me doy cuenta de que este es el ÚNICO motivo de esa inesperada entrevista.

—De ninguna manera. ¿No vio cuánta gente había alrededor de la mesa?

—Pero, por lo visto, la *spalla* del Conservatorio de Ekaterinburg…

Buen periodista, dejó para el final la pregunta más complicada. Sin embargo, ésa no es la primera entrevista de mi vida y lo interrumpo:

—Sí, está en el mismo tren —no dejo que continúe—. Cuando lo supe, pedí que la invitaran a visitar nuestro vagón siempre que quisiera. Adoro la música.

Señalo a Hilal.

—Es una joven muy talentosa, que de vez en cuando nos da el placer de escucharla al violín. ¿No desea una entrevista con ella? Tengo la seguridad de que tendrá el mayor placer en responder a sus preguntas.

—Si nos da tiempo.

No, él no está ahí para hablar de música, pero decide no insistir y cambia de tema.

—¿Qué es Dios para el señor?

—Quien conoce a Dios no lo describe. Quien describe a Dios no lo conoce.

¡Epa!

La frase me sorprende. Aunque ya me habían preguntado eso una infinidad de veces, la respuesta del piloto automático es siempre: "Cuando Dios se definió a Moisés, él dijo: 'Yo soy'. Por lo tanto, él no es ni el sujeto ni el predicado, sino el verbo, la acción".

Yao se aproxima.

—Perfecto, terminamos la entrevista. Muchas gracias por su tiempo.

Como lágrimas en la lluvia

E ntro en el cuarto y comienzo a anotar febrilmente todo lo que acabo de conversar con los otros. Dentro de poco llegaremos a Novosibirsk. No puedo olvidar nada, ni un detalle. No importa quién preguntó o qué. Si logro registrar mis respuestas, tendré un excelente material de reflexión.

* * *

Cuando termina la entrevista, sabiendo que el periodista todavía se quedará ahí por algún tiempo, pido a Hilal que vaya a su vagón y tome su violín. Así, la cámara podrá filmarla y su trabajo será presentado al público. Pero el periodista dice que necesita bajar en ese momento y enviar la nota a la redacción.

En ese intermedio, Hilal vuelve con el instrumento, que estaba en el cuarto vacío al lado del mío.

La editora reacciona.

—Si quieres quedarte ahí, tendrás que compartir con nosotros los gastos del alquiler del vagón. Estás ocupando el poco espacio que tenemos para nosotros.

Mi mirada debe haberle dicho algo; ya no insiste en el asunto.

—Ya que estás lista para el concierto, ¿por qué no tocas algo? —dice Yao.

Pido que apaguen los altoparlantes del vagón. Y sugiero que toque algo breve, muy breve. Ella lo hace.

El ambiente queda completamente limpio. Todos deben haberlo percibido, porque el constante cansancio desapareció. Me invade una profunda paz, mayor de la que experimenté en mi cuarto horas antes.

¿Por qué hace algunos meses me quejé de que no estaba conectado con la Energía Divina? ¡Qué tontería! Siempre lo estamos, es la rutina la que no nos permite reconocerlo.

—Necesito hablar. Pero no sé exactamente de qué, por lo tanto pregunten lo que quieran —digo.

Porque no sería yo quien hablara. Pero sería inútil explicarlo.

—¿Tú ya me encontraste en algún lugar del pasado? —pregunta Hilal.

¿Ahí? ¿Frente a todo el mundo? ¿Era eso lo que ella querría que yo le respondiera?

—No tiene importancia. Lo que tú necesitas pensar es dónde está ahora cada uno de nosotros. El momento presente. Acostumbramos medir el tiempo como medimos la distancia entre Moscú y Vladivostok. Pero no es así. El tiempo no se mueve, y tampoco está detenido. El tiempo cambia. Ocupamos un punto en esta constante mutación, nuestro Aleph. La idea de que el tiempo pasa es importante cuando tienes que saber a qué hora partirá el tren, pero fuera de eso no sirve de mucho. Ni siquiera para cocinar. Cada vez que repetimos una receta, ésta sale diferente. ¿Me explico?

Hilal rompió el hielo y todos comienzan a preguntar.

—¿No somos el fruto de lo que aprendemos?

—Aprendemos en el pasado, pero no somos el fruto de eso. Sufrimos en el pasado, amamos en el pasado, lloramos y sonreímos en el pasado. Pero eso no sirve para el presente. El presente tiene sus desafíos, sea malo o sea bueno. No podemos culpar ni agradecer al pasado por lo que está ocurriendo ahora. Cada nueva experiencia de amor no tiene absolutamente nada que ver con las experiencias pasadas: es siempre nueva.

Estoy hablando con ellos, pero también conmigo mismo.

—¿Puede alguien hacer que el amor se estacione en el tiempo? —cuestiono—. Podemos intentarlo, pero convertiremos nuestra vida en un infierno. No estoy casado hace más de dos décadas con la misma persona. Es mentira. Ni ella ni yo somos los mismos, por eso nuestra relación sigue más viva que nunca. Yo no espero que ella se comporte como cuando nos conocimos. Ella tampoco desea que yo sea la misma persona que era cuando la encontré. El amor está más allá del tiempo. O, mejor dicho, el amor es el tiempo y el espacio en un solo punto, el Aleph, siempre transformándose.

—Las personas no están acostumbradas a eso. Quieren que todo permanezca como...

—... y la única consecuencia es el sufrimiento —interrumpo—. No somos lo que las personas quisieran que fuésemos. Somos quienes decidimos ser. Siempre es fácil culpar a los demás. Puedes pasar tu vida culpando al mundo, pero tus éxitos o tus derrotas son tu entera responsabilidad. Puedes intentar detener el tiempo, pero estarás desperdiciando tu energía.

El tren da una gran frenada, inesperada, y todos se asustan. Yo sigo entendiendo lo que digo, aunque no tenga la seguridad de que las personas en la mesa me sigan.

—Imaginen que el tren no frena, hay un accidente y todo se acaba. Todos los recuerdos, todo desaparece como lágrimas en la lluvia, como decía el androide en *Blade Runner*. ¿Será cierto? Nada desaparece, todo queda guardado en el tiempo. ¿Dónde está archivado mi primer beso? ¿En algún lugar escondido de mi cerebro? ¿En una serie de impulsos eléctricos que ya están desactivados?

Mi primer beso está más vivo que nunca, jamás lo olvidaré. Está aquí, a mi lado. Me ayuda a componer mi Aleph.

—Pero en este momento existe una serie de cosas que debo resolver.

—Esas cosas están en lo que tú llamas "pasado", y aguardan una decisión en lo que tú llamas "futuro" —digo—. Ellas entorpecen, contaminan y no dejan que entiendas el presente. Trabajar sólo con la experiencia es repetir viejas soluciones para nuevos problemas. Conozco a muchas personas que sólo logran tener una identidad propia cuando hablan de sus problemas. Así, ellas existen: porque tienen problemas que están ligados a lo que juzgan ser "su historia".

Como nadie comenta nada, continúo con mi explicación:

—Se necesita un gran esfuerzo para liberarse de la memoria, pero, cuando lo consigues, comienzas a descubrir que eres más capaz de lo que pensabas. Tú habitas en este cuerpo gigantesco que es el Universo, donde están todas las soluciones a todos los problemas. Visita a tu alma en vez de visitar tu pasado. El Universo pasa por muchas mutaciones y las carga consigo. Llamamos "una vida" a cada una de estas mutaciones. Pero, así como las células de tu cuerpo cambian y tú sigues siendo el mismo, el tiempo no pasa, sólo cambia. Piensas que eres la misma persona que estaba haciendo algo en Ekaterinburg. No lo eres. Yo no soy la misma persona que era cuando comencé a hablar. Tampoco el tren está en el mismo lugar donde Hilal tocó su violín. Todo cambió, y no logramos percibirlo claramente.

—Pero un día el tiempo de esta vida termina —interviene Yao.

—¿Termina? La muerte es una puerta a otra dimensión.

—Y sin embargo, a pesar de todo lo que estás diciendo, nuestros seres queridos y nosotros mismos partiremos algún día.

—Nunca, absolutamente nunca perdemos a nuestros seres queridos —afirmo—. Ellos nos acompañan, no desaparecen de nuestras vidas. Sólo estamos en cuartos diferentes. Yo no puedo ver lo que hay en el vagón que está adelante, pero ahí hay gente viajando al mismo tiempo que yo, que ustedes, que todo el mundo. El hecho de que no podamos hablar con ellos, saber lo que está ocurriendo en el otro vagón, es absolutamente irrelevante; ellos están ahí. Así, lo que llamamos "vida" es un tren con muchos vagones. A veces estamos en uno, a veces en otro. Otras veces cruzamos de uno a otro, cuando soñamos o cuando nos dejamos llevar por lo extraordinario.

—Pero no logramos verlos ni comunicarnos con ellos.

—Sí, lo logramos. Todas las noches pasamos a otro plano cuando dormimos. Hablamos con los vivos, con los que creemos muertos, con los que están en otra dimensión, con nosotros mismos; las personas que fuimos y las que seremos un día.

La energía se vuelve más fluida, sé que puedo perder la conexión de un momento a otro.

—El amor siempre vence a eso que llamamos muerte. Por eso no debemos llorar por nuestros seres queridos, porque ellos siguen siendo queridos y permanecen a nuestro lado. Tenemos grandes dificultades para aceptar eso. Si ustedes no lo creen, no servirá de nada que siga explicando.

Noto que Yao inclinó la cabeza. Lo que me preguntó antes está siendo respondido ahora.

—¿Y los que odiamos?

—Tampoco debemos subestimar a nuestros enemigos que pasaron al otro lado —respondo—. En la Tradición mágica tienen el curioso nombre de "viajantes". No estoy diciendo que puedan hacer algún mal aquí. No pueden, a menos que ustedes lo permitan. Porque en realidad estamos ahí con ellos, y ellos están aquí con nosotros. En el mismo tren. La única manera de resolver el problema es corregir los errores y superar los conflictos. Eso ocurrirá en algún momento, aunque a veces sean necesarias muchas "vidas" para que lleguemos a esa conclusión. Nos encontramos y nos despedimos por toda la eternidad. Una partida seguida de un regreso, siempre un regreso seguido de una partida.

—Pero tú dices que somos parte del todo. No existimos.

—Existimos en la misma forma en que existe una célula. Puede causar un cáncer destructor, afectar a gran parte del organismo. O puede diseminar los elementos químicos que provocan alegría y bienestar. Pero ella no es la persona.

—¿Por qué entonces tantos conflictos?

—Para que el Universo marche. Para que el cuerpo se mueva. Nada personal. Escuchen.

Escuchan, pero no oyen. Es mejor ser más claro.

—En este momento la vía y la rueda están en conflicto, y escuchamos el ruido de la fricción entre los metales. Pero lo que justifica a la rueda es la vía, y lo que justifica a la vía es la rueda. El ruido del metal es irrelevante. Es sólo una manifestación, no un grito de protesta.

La energía está prácticamente disipada. Las personas siguen preguntando, pero no logro responder de manera coherente. Todos entienden que es momento de parar.

—Gracias —dice Yao.

—No me agradezcas. Yo también estaba escuchando.

—Estás hablando de…

—No estoy hablando de nada en especial, y estoy hablando de todo. Ustedes vieron que cambié mi actitud con Hilal. No debería estar diciendo eso aquí porque no la ayudará en nada; por el contrario, algún espíritu débil puede sentir algo que sólo degrada al ser humano, lo que llamamos celos. Pero mi encuentro con Hilal abrió una puerta; no la que yo quería, sino otra. Pasé a otra dimensión de mi vida. A otro vagón, donde existen muchos conflictos no resueltos. Las personas me están esperando allá, debo acudir.

—Otro plano, otro vagón…

—Eso es. Estamos eternamente en el mismo tren, hasta que Dios decida detenerlo por una razón que sólo Él conoce. Pero, como es imposible quedarnos sólo en nuestra cabina, caminamos de un lado al otro, de una vida a otra, como si ellas ocurrieran en sucesión. No ocurren: soy quien fui y quien seré. Cuando encontré a Hilal fuera del hotel en Moscú, ella me contó una historia que yo había escrito sobre un fuego en lo alto de la montaña. Existe otra historia al respecto del fuego sagrado que les voy a contar:

"El gran Rabino Israel Shem Tov, cuando veía que su pueblo estaba siendo maltratado, se iba al bosque, encendía un fuego sagrado y decía una plegaria especial, pidiendo a Dios que protegiese a su gente. Y Dios enviaba un milagro.

"Más tarde, su discípulo Maggid de Mezritch, siguiendo los pasos del maestro, iba al mismo lugar del bosque y decía: 'Maestro del Universo, yo no sé cómo encender el fuego sagrado, pero todavía sé la plegaria especial. ¡Escúchame, por favor!' Y el Señor ayudaba.

"Cincuenta años después, el rabino Israel de Rizhin, en su silla de ruedas, hablaba con Dios: 'No sé encender el fuego sagrado, no conozco la oración y no logro siquiera encontrar el lugar del bosque. Todo lo que puedo hacer es contar esta historia, esperando que Dios me escuche'."

Ahora soy sólo yo quien habla. Ya no es más la Energía Divina. Pero, aun cuando no sepa cómo volver a encender el fuego sagrado, y ni siquiera la razón por la cual fue encendido, por lo menos puedo contar una historia.

—Sean amables con ella.

Hilal finge no haber escuchado. De hecho, todo el mundo finge no haber escuchado.

La Chicago de Siberia

S omos todos almas que vagan por el cosmos, viviendo nuestras vidas al mismo tiempo, pero con la impresión de que estamos pasando de una encarnación a otra. Nada de lo que toca el código de nuestra alma es olvidado jamás y, en consecuencia, afecta al resto.

Miro a Hilal con amor, el amor que se refleja en el espejo a través del tiempo, o de aquello que imaginamos ser el tiempo. Ella nunca fue mía y jamás lo será, porque así está escrito. Si somos creadores y criaturas, también somos marionetas en las manos de Dios; existe un límite que no podemos traspasar, porque eso fue dictado por razones que desconocemos. Podemos llegar muy cerca, tocar el agua del río con nuestros pies, pero está prohibido sumergirnos en él y dejarnos llevar por la corriente.

Agradezco a la vida porque me permitió reencontrarla en el momento en que lo necesitaba. Finalmente comienzo a aceptar la idea de que será necesario atravesar aquella puerta por quinta vez, aun cuando no descubra la respuesta. Agradezco a la vida una segunda vez porque antes tenía miedo y ahora ya no lo tengo. Y agradezco a la vida por tercera vez por estar haciendo este viaje.

Me divierte ver que esta noche ella está celosa. Aun cuando sea un talento para el violín, una guerrera en el arte de conseguir lo que desea, nunca dejó de ser una niña y jamás dejará de serlo, como yo y todos aquellos que realmente desean lo mejor que la vida puede ofrecer. Sólo un niño es capaz de hacer eso.

Provocaré sus celos porque así ella sabrá qué hacer cuando necesite lidiar con los celos de otros. Aceptaré su amor incondicional porque, cuando ella ame incondicionalmente otra vez, sabrá qué terreno está pisando.

* * *

—También la llaman "la Chicago de Siberia".

La Chicago de Siberia. Las comparaciones suelen ser muy extrañas. Antes de la Transiberiana, Novosibirsk tenía menos de 8 000 habitantes. Ahora su población sobrepasa los 1.4 millones, gracias a un puente que permitió a la vía ferroviaria seguir su marcha de acero y carbón en dirección al Océano Pacífico.

Cuenta la leyenda que la ciudad tiene a las mujeres más lindas de Rusia. Por lo que pude ver, la leyenda tiene raíces profundas en la realidad, aunque no se me hubiera ocurrido comparar con otros lugares por donde pasé. En este momento estamos Hilal, yo y una de esas diosas de Novosibirsk ante algo completamente desligado de la realidad actual: una gigantesca estatua de Lenin, el hombre que convirtió en realidad las ideas del comunismo. Nada menos romántico que mirar a aquel hombre de barba en forma de pera señalando al futuro, pero incapaz de salir de aquella estatua y cambiar el mundo.

Quien hizo el comentario sobre Chicago fue justamente la diosa, una ingeniera llamada Tatiana, de aproximadamente 30 años (nunca acierto, pero voy creando mi mundo con base en mis suposiciones), que después de la fiesta y de la cena decidió pasear con nosotros. Ahora la "tierra firme" me da la sensación de estar en otro planeta. Me cuesta acostumbrarme a un piso que no se mueve todo el tiempo.

—Vamos a un bar a beber y después a bailar. Necesitamos todo el ejercicio posible.

—Pero estamos cansados —dice Hilal.

En estos momentos me transformé en la mujer que aprendí a ser y leo lo que está detrás de sus palabras: "Tú te quieres quedar con ella".

—Si tú estás cansada, puedes volver al hotel. Me quedaré con Tatiana.

Hilal cambia de tema:

—Me gustaría mostrarte algo.

—Entonces muéstramelo. No es necesario que estemos solos. Nos conocemos hace menos de 10 días, ¿no es cierto?

Eso destruye la pose de "Yo estoy con él". Tatiana se anima; no por mi causa, sino porque las mujeres siempre son enemigas naturales unas de otras. Dice que tendrá el mayor placer de mostrarme la vida nocturna de "la Chicago de Siberia".

Lenin nos contempla impávido en su pedestal, acostumbrado, por lo visto, a todo eso. Si en vez de querer crear el paraíso del proletariado, se hubiese dedicado a la dictadura del amor, las cosas le habrían dado más resultado.

—Pues entonces vengan conmigo.

¿"Vengan conmigo"? Antes de que yo pueda reaccionar, Hilal comienza a caminar con pasos firmes. Quiere invertir el juego y así desviar el golpe, pero Tatiana cae en la trampa. Empezamos a andar por la inmensa avenida que va a dar al puente.

—¿Conoces la ciudad? —pregunta la diosa, con cierta sorpresa.

—Depende de lo que llames "conocer". Conocemos todo. Cuando toco mi violín, percibo la existencia de…

Ella busca las palabras. Finalmente consigue decir algo que yo comprendo, pero que sólo sirve para apartar todavía más a Tatiana de la conversación.

—… un gigantesco y poderoso "campo de información" a mi alrededor. No es algo que pueda controlar, sino que me controla y me guía hacia el acorde adecuado en los momentos de duda. No es preciso conocer la ciudad, sólo permitir que ella me lleve adonde desea.

Hilal camina cada vez más rápido. Para mi sorpresa, Tatiana entendió perfectamente lo que ella dijo.

—Yo adoro pintar —dice—. Aunque sea ingeniera de profesión, cuando estoy ante el lienzo vacío, descubro que cada toque del pincel es una meditación visual. Un viaje que me lleva a la felicidad que no puedo encontrar en mi trabajo y que espero jamás abandonar.

Lenin debe haber presenciado muchas veces lo que acaba de ocurrir. Al principio, dos fuerzas se enfrentan, porque existe una tercera que debe ser mantenida o conquistada. Poco tiempo después, esas dos fuerzas ya son aliadas y la tercera fue olvidada o dejó de ser importante. Yo sólo las acompaño a ambas, que ahora parecen amigas de la infancia, conversando animadamente en ruso, olvidadas de mi existencia. Aunque el frío continúa (pienso que en ese lugar el frío debe durar todo el año, pues ya estamos en Siberia), el paseo me está haciendo bien, levantando mi ánimo cada vez más. Cada kilómetro recorrido me está llevando de vuelta a mi reino. Hubo un momento en Túnez en que pensé que eso no sucedería, pero mi mujer acertó: estando solo, soy más vulnerable pero también más abierto.

Seguir a aquellas dos mujeres me cansa. Mañana voy a dejarle un mensaje a Yao, sugiriéndole que practiquemos un poco de aikido. Mi cerebro está trabajando más que mi cuerpo.

* * *

Paramos en medio de ningún lugar, una plaza completamente vacía con una fuente en el centro. El agua todavía está congelada. Hilal respira aceleradamente; si sigue haciendo eso, el exceso de oxígeno le dará la sensación de estar flotando. Un trance provocado artificialmente, que ya no me impresiona.

Hilal ahora es la maestra de ceremonias de algún espectáculo que desconozco. Pide que nos tomemos de las manos y miremos la fuente.

—Dios Todopoderoso —continúa con la respiración rápida—, envía a Tus mensajeros ahora para Tus hijos que están aquí con el corazón abierto para recibirlos.

Prosigue con un tipo de invocación muy conocida. Noto que la mano de Tatiana comienza a temblar, como si también fuese a entrar en trance. Hilal parece estar en contacto con el Universo, o con lo que llamó "campo de información". Continúa orando, la mano de Tatiana deja de temblar y aprieta la mía con toda su fuerza. Diez minutos después, termina el ritual.

Dudo si decir lo que pienso. Pero esa muchacha es pura generosidad y amor, merece escuchar.

—No entendí —digo.

Ella parece desconcertada.

—Es un ritual de aproximación de los espíritus —explica.

—¿Dónde lo aprendiste?

—En un libro.

¿Continúo ahora o me espero a que estemos solos para hablar? Como Tatiana participó del ritual, decido seguir adelante.

—Con todo el respeto por lo que investigaste, y con todo el respeto por la persona que escribió el libro, creo que está completamente fuera de órbita. ¿De qué sirve ese ritual de la manera en que fue realizado? Veo a millones y millones de personas convencidas de que se están comunicando con el Cosmos y salvando por eso a la raza humana. Cada vez que no funciona, porque en verdad no funciona de ese modo, pierden un poco de esperanza. La recuperan en el próximo libro o en el siguiente seminario, que siempre trae alguna novedad. Pero en pocas semanas olvidan lo que aprendieron, y la esperanza va desapareciendo.

Hilal está sorprendida. Ella quería mostrarme algo además de su talento para el violín, pero se metió en un terreno peligroso, el único en el que mi tolerancia es absolutamente cero. Tatiana debe estar convencida de que soy muy mal educado, por eso sale en defensa de su nueva amiga:

—¿Pero las oraciones no nos acercan a Dios?

—Voy a responder con otra pregunta. ¿Todas esas oraciones que rezas harán que el sol salga mañana? Claro que no: el sol nace porque obedece a una ley universal. Dios está cerca de nosotros, independientemente de las plegarias que le hacemos.

—¿Estás diciendo que nuestras oraciones son inútiles? —insiste Tatiana.

—De ninguna manera. Si no te despiertas temprano, nunca conseguirás ver al sol naciendo. Si no rezas, aun cuando Dios siempre esté cerca, nunca conseguirás notar Su presencia. Pero si crees que sólo llegarás a algún sitio por medio de invocaciones como ésa, entonces es mejor que te mudes al desierto de Sonora en los Estados Unidos, o que pases el resto de tu vida en un *ashram* en la India. En el mundo real, Dios está más en el violín de la muchacha que acaba de rezar.

Tatiana estalla en llanto. Ni yo ni Hilal sabemos qué hacer. Esperamos a que ella acabe de llorar y nos cuente lo que está sintiendo.

—Gracias —dice—. Aunque tu opinión haya sido inútil, gracias. Llevo conmigo centenares de heridas mientras me veo forzada a actuar como si fuese la persona más feliz del mundo. Por lo menos hoy sentí que alguien tomaba mis manos y me decía: no estás sola, ven con nosotros, muéstrame lo que conoces. Me sentí amada, útil, importante.

Se vuelve hacia Hilal y continúa:

—Aun cuando decidiste que conocías esta ciudad mejor que yo, que nací y viví aquí toda mi existencia, no me sentí desmerecida ni insultada. Sentí que ya no estaba sola, que alguien me iba a mostrar lo que no conozco. Realmente nunca había visto esta fuente, y ahora, cada vez que me sienta mal, vendré aquí y le pediré a Dios que me proteja. Sé que las palabras no quieren decir nada especial. Ya recé oraciones semejantes muchas veces en mi vida, sin haber sido jamás escuchada, y cada vez la fe se iba alejando más. Pero hoy sucedió algo, porque ustedes eran extranjeros, pero no extraños.

Tatiana todavía no terminaba:

—Tú eres mucho más joven que yo, no has sufrido lo que sufrí, no conoces la vida, pero tienes suerte. Estás enamorada de un hombre, por eso hiciste que yo me volviera a enamorar de la vida, y a partir de ahí será más fácil volverme a enamorar de un hombre.

Hilal baja la mirada. No quería haber oído eso. Quizás estuviera en sus planes decirlo, pero es otra persona la que está pronunciando las palabras en la ciudad de Novosibirsk, en Rusia, en la realidad tal cual la imaginamos, aun cuando sea muy diferente de la que Dios creó en esta tierra. En este momento, su mente lucha entre las palabras que salen del corazón de Tatiana y la lógica que insiste en interrumpir aquel momento tan especial con un mensaje de alerta: "Todo el mundo se está dando cuenta. Las personas en el tren lo están percibiendo".

—Sin mayores explicaciones, acabo de perdonar y me siento más ligera —continúa Tatiana—. No entiendo lo que vinieron a hacer aquí ni por qué pidieron que los acompañara, pero confirmaron lo que yo sentía: las personas se encuentran cuando necesitan encontrarse. Acabo de salvarme de mí misma.

Y en verdad, su expresión había cambiado. La diosa se había transformado en un hada. Ella abre sus brazos para Hilal, que va a ella. Las dos se abrazan. Tatiana me mira y hace una señal con la cabeza, pidiendo que yo también me aproxime, pero no me muevo. Hilal necesita más ese abrazo que yo. Quería mostrar lo mágico, mostró lo convencional y lo convencional se convirtió en mágico porque ahí había una mujer que fue capaz de transmutar esa energía y volverla sagrada.

Las dos siguen abrazadas. Miro el agua congelada de la fuente y sé que volverá a correr un día, y después se congelará de nuevo, y volverá a correr otra vez. Así sea con nuestros corazones; que obedezcan también al tiempo, pero que nunca se detengan para siempre.

Ella saca de su bolsa una tarjeta de presentación. Titubea un poco, pero termina entregándosela a Hilal.

—Adiós —dice Tatiana—. Aquí está mi teléfono, pero sé que nunca más volveré a verlos. Tal vez todo lo que dije ahora no pase de ser un momento de romanticismo incurable y, en breve, las cosas vuelvan a ser como eran antes. Pero fue muy importante para mí.

—Adiós —responde Hilal—. Si conozco el camino de la fuente, también sé llegar al hotel.

Me da el brazo. Caminamos en medio del frío y, por primera vez desde que nos conocemos, yo la deseo como mujer. La dejo en la puerta del hotel y le digo que necesito caminar un poco más, solo, pensando en la vida.

El Camino de la Paz

N o debo. No puedo. Y tengo que decírmelo a mí mismo mil veces: no quiero.

Yao se quita la ropa y se queda sólo en calzoncillos. A pesar de tener más de 70 años, su cuerpo es piel y músculos. Yo también me quito la ropa.

Necesito esto. No tanto por los días que paso confinado dentro del tren, sino porque ahora mi deseo comenzó a crecer de manera incontrolable. Aun cuando sólo adquiera dimensiones gigantescas cuando estamos lejos (ella se fue a su cuarto, o yo tengo que cumplir con un compromiso profesional), sé que no falta mucho para que yo sucumba ante ella. Así ocurrió en el pasado, cuando nos encontramos por lo que imagino sería la primera vez; cuando se apartaba de mí, yo no podía pensar en otra cosa. Cuando volvía a estar cerca, visible, palpable, los demonios desaparecían sin que yo necesitara controlarme mucho.

Por eso es necesario que ella esté aquí. Ahora. Antes de que sea demasiado tarde.

Yao se pone el quimono, y yo hago lo propio. Caminamos en silencio hacia el dojo, el lugar de la lucha, que él logró encontrar después de tres o cuatro telefonemas. Hay varias personas practicando; encontramos un rincón libre.

"El Camino de la Paz es vasto e inmenso; refleja el gran diseño que fue realizado en el mundo visible e invisible. El guerrero es el trono de lo Divino y sirve siempre a un propósito mayor." Moríhei Ueshiba dijo esto hace casi un siglo, cuando desarrollaba las técnicas del aikido.

El camino a su cuerpo es la puerta de al lado. Iré a tocar, ella abrirá, y no me preguntará exactamente qué deseo; puede leerlo en mis ojos. Tal vez tenga miedo. O tal vez diga: "Puedes entrar, estaba esperando este momento. Mi cuerpo es el trono de lo Divino, sirve para manifestar aquí todo lo que ya estamos viviendo en otra dimensión".

Yao y yo hacemos la reverencia tradicional, y nuestros ojos cambian. Ahora estamos listos para el combate.

Y en mi imaginación, ella también baja la cabeza como si estuviese diciendo: "Sí, estoy lista, sujétame, toma mis cabellos".

Yao y yo nos acercamos, aferramos mutuamente los cuellos de nuestros quimonos, mantenemos la postura, y comienza el combate. Un segundo después estoy en el suelo. No puedo pensar en ella; invoco al espíritu de Ueshiba: ella viene en mi auxilio a través de sus enseñanzas, y consigo volver al dojo, a mi oponente, al combate, al aikido, al Camino de la Paz.

"Tu mente debe estar en armonía con el Universo. Tu cuerpo debe acompañar al Universo. Tú y el Universo son uno solo."

Pero la fuerza del golpe me llevó más cerca de ella. Hago lo mismo. Tomo sus cabellos y la tiro en la cama, pongo mi cuerpo encima del suyo, la armonía con el Universo es eso: un hombre y una mujer convirtiéndose en una sola energía.

Me levanto. Hace años que no lucho, mi imaginación está lejos de aquí, olvidé cómo equilibrarme bien. Yao espera a que me recomponga; veo su postura y me acuerdo de la posición en la que debo mantener los pies. Me coloco ante él en la forma correcta, de nuevo agarramos los cuellos de nuestros quimonos.

Una vez más, no es Yao, sino Hilal quien está delante de mí. Mantengo sus brazos inmóviles, primero con las manos, después colocando mis rodillas sobre ellos. Comienzo a desabrochar su blusa.

Vuelvo a volar por el espacio sin que me haya dado cuenta de cómo sucedió. Estoy en el suelo, mirando al techo con sus luces fluorescentes, sin saber cómo pude dejar mis defensas tan ridículamente bajas. Yao extiende la mano para ayudarme a que me levante, pero yo me rehúso; puedo hacerlo solo.

Nuevamente, sujetamos los cuellos de los quimonos. Nuevamente mi imaginación viaja lejos de ahí: vuelvo a la cama, a la blusa ya desabrochada, a los senos pequeños con sus pezones duros, que yo me doblo para besar, mientras ella se debate un poco: mezcla de placer y de excitación por el próximo movimiento.

—Concéntrate —dice Yao.

—Estoy concentrado.

Mentira. Él lo sabe. Aunque no pueda leer mis pensamientos, entiende que no estoy ahí. Mi cuerpo está en llamas a causa de la adrenalina que está circulando en la sangre, las dos caídas y todo lo que cayó junto con los golpes que recibí: la blusa, los jeans, los tenis que fueron aventados lejos. Imposible prever el próximo golpe, pero es posible actuar por instinto, atención y…

Yao suelta el cuello y toma mi dedo, doblándolo a la manera clásica. Un solo dedo, y el cuerpo queda paralizado. Un dedo hace que todo el resto deje de funcionar. Hago esfuerzos por no gritar, pero veo estrellas y de repente el dojo parece haber desaparecido, tal es la intensidad del dolor.

En un primer momento, el dolor parece hacer que me concentre en lo que debo: el Camino de la Paz. Pero luego da paso a la sensación de que ella muerde mis labios mientras nos besamos.

Yo ya no tengo las rodillas sobre sus brazos; sus manos me sujetan con fuerza, las uñas clavadas en mi espalda, escucho sus gemidos en mi oído izquierdo. Los dientes aflojan la presión, su cabeza se mueve y ella me besa.

"Entrena a tu corazón. Esa es la disciplina que el guerrero necesita. Si eres capaz de controlarlo, derrotarás a tu oponente."

Eso es lo que estoy intentando hacer. Consigo zafarme de la llave y de nuevo sujeto su quimono. Él piensa que me estoy sintiendo humillado, ya notó que los años de práctica desaparecieron y, con toda seguridad, ahora permitirá que yo ataque.

Leí su pensamiento, leí el pensamiento de ella, me dejo dominar; Hilal me voltea en la cama, se monta en mi cuerpo, desabrocha mi cinturón y comienza a desabotonar mi pantalón.

"El Camino de la Paz es fluido como un río, porque no se resiste a nada, ya venció antes de comenzar. El arte de la paz es invencible, porque nadie está luchando contra nadie, sólo consigo mismo. Véncete a ti mismo, y vencerás al mundo."

Sí, eso es lo que estoy haciendo ahora. La sangre corre más rápido que nunca, el sudor salpica mis ojos y no me deja ver por una fracción de segundo, pero mi oponente no aprovecha su ventaja. Con dos movimientos del cuerpo, él está en el suelo.

—No hagas eso —digo—. No soy un niño que tenga que ganar la lucha como sea. Mi combate está ocurriendo en otro plano en este momento. No me dejes ganar sin el mérito o la alegría de ser el mejor.

Él entiende y se disculpa. No estamos luchando aquí, sino practicando el Camino. Él sujeta de nuevo el quimono, y yo me preparo para el golpe que viene de la derecha, pero que a último momento cambia de dirección: una de las manos de Yao agarra mi brazo y lo tuerce de tal forma que me obliga a arrodillarme para que no se rompa.

A pesar del dolor, sé que todo está mejor. El Camino de la Paz parece una lucha, pero no lo es. Es el arte de llenar lo que falta y vaciar lo que sobra. Aplico toda mi energía, y poco a poco mi imaginación deja la cama, a la muchacha con sus pequeños senos y duros pezones que está desabrochando mis pantalones y acariciando mi sexo al mismo tiempo. En este combate está mi lucha conmigo mismo, que necesito ganar como sea, aun cuando caiga y me levante un sinnúmero de veces. Gradualmente van desapareciendo los besos que jamás fueron dados, los orgasmos que estaban por ocurrir, las caricias después del sexo violento y salvaje, romántico y sin límite o prejuicio alguno.

Estoy en el Camino de la Paz, y mi energía está siendo despejada ahí, afluente del río que a nada se resiste, y por eso logra seguir su curso hasta el final, llegar al mar como lo había planeado.

Me levanto de nuevo. Caigo de nuevo. Luchamos por casi media hora, completamente abstraídos de las otras personas que están ahí, concentradas también en lo que están haciendo, en busca de la posición correcta que las ayudará a encontrar la postura perfecta en la vida nuestra de cada día.

Al final, ambos estamos sudados y exhaustos. Él me saluda, yo lo saludo, y nos dirigimos a las regaderas. Me golpeó todo el tiempo, pero no hay marcas en mi cuerpo: herir al oponente es herirse a sí mismo. Controlar la agresión para no lastimar al otro es el Camino de la Paz.

Vivir y entrenar. Cuando entrenamos, nos preparamos para lo que está adelante. La vida y la muerte pierden su significado, sólo existen los desafíos que son recibidos con alegría y superados con tranquilidad.

*   *   *

—Un hombre necesita hablar contigo —dice Yao, mientras nos vestimos—. Le dije que lograría programar un encuentro, porque le debo un favor. Hazlo por mí.

—Pero viajamos mañana temprano —le recuerdo.

—Hablo de nuestra próxima parada. Claro, yo sólo soy un traductor, si no quieres, le digo que estás ocupado.

No es sólo un traductor, y lo sabe. Es un hombre que percibe cuándo necesito ayuda, aunque desconozca la razón.

—Perfecto, haré lo que me pides —acepto.

—Quiero que sepas que tengo una vida de experiencia en artes marciales —comienza—. Y, al desarrollar el Camino de la Paz, Ueshiba no sólo estaba pensando en subyugar al enemigo físico. Siempre que hubiese una intención transparente en el camino del estudiante, él también vencería al enemigo interior.

—Hace mucho tiempo que no lucho.

—No lo creo. Tal vez hace mucho tiempo que no entrenas, pero el Camino de la Paz sigue dentro de ti. Una vez aprendido, jamás nos olvidamos de él.

Yo sabía dónde deseaba llegar Yao. Podía haber interrumpido ahí la conversación, pero permití que continuara. Él era un hombre vivido, experimentado, entrenado por las adversidades, que sobrevivió siempre a pesar de haber sido obligado a cambiar de mundo muchas veces en esta encarnación. Era inútil intentar esconder algo.

Le pido que siga con lo que estaba diciendo.

—Tú no estabas luchando conmigo. Luchabas con ella.

—Es verdad.

—Entonces continuaremos entrenando, siempre que el viaje nos lo permita. Quiero agradecerte por lo que dijiste en el tren, comparando la vida y la muerte con el paso de un vagón a otro y explicando que hacemos eso muchas veces en nuestras vidas. Por primera vez desde que perdí a mi mujer, tuve una noche de paz. Me encontré con ella en mis sueños y vi que estaba feliz.

—Estaba hablando también para mí.

Le doy las gracias por hacer sido un adversario leal, que no me dejó ganar una lucha que yo no merecía ganar.

El anillo de fuego

"*E*s *necesario desarrollar una estrategia que utilice todo lo que está a su alrededor. La mejor manera de prepararse para un desafío es tener a la mano una capacidad infinita de responder.*"

Finalmente logré entrar a internet. Necesitaba recordar todo lo que había aprendido sobre el Camino de la Paz.

"*La búsqueda de la paz es una forma de rezar que termina generando luz y calor. Olvídate un poco de ti mismo, sabe que en la luz está la sabiduría, y en el calor reside la compasión. Al caminar por este planeta, procura apreciar la verdadera forma de los cielos y de la tierra. Eso será posible si no te dejas paralizar por el miedo y decides que todos tus gestos y actitudes corresponderán a lo que piensas.*"

Alguien toca a la puerta. Estoy tan concentrado que me cuesta entender lo que está ocurriendo. Mi primer impulso es simplemente no responder, pero pienso que tal vez es algo urgente; ¿quién tiene al el valor de despertar a otra persona a esa hora?

Mientras voy a abrirla, me doy cuenta de que existe una persona con el suficiente valor para eso.

Hilal está ahí afuera, en camiseta roja y pantalones de pijama. Entra a mi cuarto sin decir nada y se acuesta en mi cama.

Me acuesto a su lado. Ella se acerca, y yo la abrazo.

—¿Dónde estabas? —pregunta.

"Dónde estabas" es más que una frase. Quien pregunta esto también está diciendo "me hiciste falta", "me gustaría estar contigo", "debes darme cuenta de tus pasos".

No respondo, sólo acaricio sus cabellos.

—Llamé a Tatiana y pasamos la tarde juntas —ella responde lo que yo no pregunté, y tampoco respondí—. Es una mujer triste, y la tristeza se contagia. Me contó que tiene una hermana gemela, drogadicta, incapaz de conseguir un empleo o de tener una relación amorosa normal. Pero la tristeza de Tatiana no viene de ahí, sino del hecho de que ella es exitosa, bonita, deseada por los hombres, tiene un trabajo que le gusta y, aunque sea divorciada, ya encontró a otro hombre que está enamorado de ella. El problema es que cada vez que ve a su hermana siente un terrible complejo de culpa. Primero, por no poder hacer nada. Segundo, porque su victoria hace más amarga la derrota de su hermana. O sea, nunca estamos felices, sean cuales fueren las circunstancias. Tatiana no es la única persona en el mundo en pensar así.

Yo sigo acariciando sus cabellos.

—Recuerdas lo que conté en la embajada, ¿verdad? Todos están convencidos de que tengo un talento extraordinario, que soy una gran violinista y que mi carrera estará cubierta de gloria y reconocimiento. La profesora te dijo eso, y subrayó: "Ella es muy insegura, inestable". No es verdad; domino la técnica, conozco los sitios en dónde sumergirme para buscar inspiración, pero NO nací para eso y nadie me convencerá de lo contrario. El instrumento es mi manera de huir de la realidad, mi carruaje de fuego que me lleva muy lejos de mí misma, y gracias a él estoy viva. Sobreviví para poder encontrar a una persona que me rescataría de todo el odio que siento. Cuando leí tus libros, entendí que esa persona eras tú. Claro.

—Claro.

—Intenté ayudar a Tatiana, diciéndole que desde muy joven me he dedicado a destruir a todos los hombres que se me acercan, sólo porque uno de ellos trató inconscientemente de destruirme. Pero ella no lo cree; piensa que soy una niña. Aceptó encontrarse conmigo para tener acceso a ti.

Ella se mueve, se acerca más. Siento el calor de su cuerpo.

—Preguntó si podía ir con nosotros al Lago Baikal. Dijo que, aunque el tren pasa todos los días por Novosibirsk, ella nunca tuvo una razón para abordarlo. La tiene ahora.

Como pensé, ahora que estamos juntos en la cama sólo siento ternura por la muchacha a mi lado. Apago la luz, y el cuarto queda iluminado por las chispas del acero que es moldeado a fuego en una construcción vecina.

—Le dije que no. Que aun cuando aborde, jamás podrá llegar al vagón donde tú estás. Los guardias no dejan pasar de una clase a otra. Ella entendió que yo no la quería cerca.

—Las personas trabajan aquí toda la noche —digo.

—¿Me estás escuchando?

—Te estoy escuchando, pero no te estoy comprendiendo. Otra persona me busca en las mismas circunstancias en las que tú me buscaste. En vez de ayudarla, la alejas por completo.

—Porque tengo miedo. Miedo de que ella se acerque demasiado y tú pierdas el interés en mí. Como no sé exactamente quién soy ni lo que estoy haciendo aquí, todo esto puede desaparecer de un momento a otro.

Muevo mi brazo izquierdo, encuentro los cigarros, enciendo uno para mí y otro para ella. Pongo el cenicero en mi pecho.

—¿Tú me deseas? —pregunta ella.

Tengo ganas de decir: "Sí, te deseo cuando estás lejos, cuando eres sólo una fantasía en mi mente. Hoy luché casi una hora pensando en ti, en tu cuerpo, en tus piernas, en tus senos, y la lucha consumió sólo una ínfima parte de esa energía. Soy un hombre que ama y desea a su mujer, y aún así te deseo. No soy el único que te desea, no soy el único hombre casado que desea a otra mujer. Todos cometemos adulterio en el pensamiento, pedimos perdón y volvemos a cometerlo. Y no es el miedo a pecar lo que me hace estar aquí contigo en mis brazos y no tocar tu cuerpo. No tengo ese tipo de culpabilidad. Pero hay algo muchísimo más importante que hacer el amor contigo ahora. Por eso estoy en paz a tu lado, mirando el cuarto de hotel iluminado apenas por la luz de las chispas de la construcción de al lado.".

—Claro que te deseo. Mucho. Soy un hombre y tú eres una mujer muy atractiva. Pero además, siento una inmensa ternura por ti, que crece cada día. Admiro cómo te mueves con facilidad de mujer a niña y de niña a mujer. Es como el arco tocando las cuerdas del violín y produciendo una melodía divina.

Las brasas de los cigarros encendidos aumentan. Dos fumadas.

—¿Y por qué no me tocas?

Apago mi cigarro, ella apaga el suyo. Continúo acariciando sus cabellos y forzando el viaje al pasado.

—Necesito hacer una cosa muy importante para los dos. ¿Recuerdas el Aleph? Debo entrar por esa puerta que nos asustó.

—¿Y qué debo hacer yo?

—Nada. Sólo quédate a mi lado.

Comienzo a imaginar el anillo de luz dorada subiendo y bajando por mi cuerpo. Comienza por los pies, llega hasta la cabeza y regresa. Al principio me es difícil concentrarme, pero poco a poco adquiere velocidad.

—¿Puedo hablar?

Sí, puede. El anillo de fuego está más allá de este mundo.

—No hay nada peor en el mundo que ser rechazada. Tu luz encuentra la luz de otra alma, crees que las ventanas se abrirán, que el sol entrará, las heridas del pasado finalmente cicatrizarán. Y de repente, nada de lo que imaginaste está sucediendo. Quizás esté pagando por tantos hombres a los que hice sufrir.

La luz dorada, que antes era sólo un esfuerzo de mi imaginación, un ejercicio clásico y conocido para volver a vidas pasadas, comienza a moverse de manera independiente.

—No, no estás pagando nada. Yo no estoy pagando nada. Recuerda lo que dije en el tren: estamos viviendo ahora todo lo que está en el pasado y en el futuro. En este momento exacto, en un hotel de Novosibirsk, el mundo está siendo creado y destruido. Estamos redimiendo todos los pecados, si ése es nuestro deseo.

No sólo en Novosibirsk, sino en todos los lugares del Universo el tiempo palpita como el gigantesco corazón de Dios, expandiéndose y contrayéndose. Ella se acerca más, y yo siento el pequeño corazón a mi lado latiendo también, cada vez más fuerte.

Como también se mueve más rápido el anillo dorado en torno a mi cuerpo. La primera vez que hice ese ejercicio, después de leer un libro que enseñaba "cómo descubrir los misterios de vidas pasadas", fui inmediatamente proyectado a Francia, a mediados del siglo XIX, y ahí me vi escribiendo un libro sobre los mismos temas sobre los cuales todavía escribo hoy en día. Descubrí mi nombre, dónde vivía, qué tipo de pluma estaba usando y cuál era la frase que acababa de completar. El susto fue tan grande que de inmediato volví al presente, a la playa de Copacabana, al cuarto donde mi mujer dormía plácidamente a mi lado. Al día siguiente investigué todo lo que pude sobre quién fui y decidí, una semana después, volver a encontrarme conmigo mismo. No funcionó. Y por más que lo intenté, siguió sin funcionar.

Hablé al respecto con J. Él me explicó que siempre existe una "suerte de principiante", concebida por Dios sólo para probar que es posible; pero luego la situación se invierte y la jornada pasa a ser como cualquier otra. Me sugirió que ya no lo hiciera, a no ser que tuviese algo realmente serio que resolver en una de mis vidas pasadas; de otro modo, es una pura y simple pérdida de tiempo.

Años más tarde, me presentaron a una mujer en la ciudad de São Paulo. Era doctora homeópata, exitosa en la vida y con una profunda compasión por sus pacientes. Cada vez que nos encontrábamos, era como si ya la hubiese conocido antes. Hablamos sobre el asunto y ella me dijo que sentía lo mismo. Un bello día estábamos en el balcón de mi hotel, contemplando la ciudad, cuando propuso que hiciéramos juntos el ejercicio del anillo. Fuimos proyectados a la puerta que vi cuando Hilal y yo descubrimos el Aleph. Aquel día la doctora se despidió con una sonrisa en el rostro, pero nunca más pude entrar en contacto con ella. No contestó mis llamadas, se negó a recibirme cuando fui a la clínica donde trabajaba, y entendí que de nada servía insistir.

Sin embargo, la puerta estaba abierta; el pequeño orificio en el dique se transformó en un agujero por donde el agua brotaba cada vez con más fuerza. En el transcurso de los años, volvía encontrarme con otras tres mujeres que me provocaron la misma sensación de que ya nos conocíamos, sólo que no repetí el error que cometí con la doctora, e hice solo el ejercicio. Ninguna de ellas supo jamás que yo había sido responsable de algo terrible en sus vidas pasadas.

No obstante, el conocimiento de mi error jamás me paralizó. Yo estaba sinceramente decidido a corregirlo. Ocho mujeres fueron víctimas de la tragedia, y yo tenía la certeza de que una de ellas acabaría contándome exactamente cómo terminó aquella historia. Porque yo sabía casi todo, menos la maldición que fue lanzada sobre mí.

Y fue así que me embarqué en la Transiberiana y, más de una década después, me sumergí de nuevo en el Aleph. Ahora la quinta mujer está acostada a mi lado, hablando sobre cosas que ya no me interesan, porque el anillo de fuego está girando cada vez más rápido. No, no quiero llevarla conmigo adonde nos encontramos antes.

—Sólo las mujeres creen en el amor. Los hombres no —dice.

—Los hombres creen en el amor —respondo.

Sigo acariciando sus cabellos. Los latidos de su corazón comienzan a disminuir de intensidad. Imagino que ha cerrado los ojos, se está sintiendo amada, protegida, y la idea del rechazo desapareció tan rápido como llegó.

Su respiración comienza a hacerse más lenta. Se mueve otra vez, pero ahora es sólo para encontrar una posición más confortable. Yo también me muevo, quito el cenicero de mi pecho, vuelvo a ponerlo en la mesa de noche y la envuelvo con mis dos brazos.

El anillo dorado se mueve ahora a una velocidad increíble, yendo de mis pies a mi cabeza, de la cabeza a los pies. Y de pronto siento que el aire a mi alrededor se mueve, como si algo hubiese explotado.

Mis ojos están empañados. Mis uñas, sucias. La vela apenas consigue iluminar el entorno, pero puedo ver las mangas de la ropa que estoy usando: gruesa y mal tejida.

Delante de mí hay una carta. Siempre la misma carta.

Córdoba, 11 de julio, 1492

Caríssimo:

Pocas armas nos sobran, entre ellas la Inquisición, que ha sido blanco de los más feroces ataques. La mala fe de algunos y los prejuicios de otros hacen que el inquisidor sea visto como un monstruo. En este momento tan difícil y delicado, cuando esa pretendida Reforma está fomentando la rebelión en los hogares y los desórdenes en las calles, calumniando a este tribunal de Cristo y acusándolo de torturas y monstruosidades, ¡nosotros somos la autoridad! Y la autoridad tiene el deber de castigar con la pena máxima a quienes perjudican gravemente el bienestar general, amputando del cuerpo enfermo un miembro que lo contamina, para impedir que otros sigan su ejemplo. Es por lo tanto muy justo que se aplique la pena de muerte a los que, propagando la herejía con obstinación, hacen que muchas almas sean lanzadas al fuego del infierno.

Esas mujeres creen que tienen plena libertad de proclamar el veneno de sus errores, de sembrar la lujuria y la adoración al diablo. ¡Brujas, eso es lo que son! Los castigos espirituales no siempre bastan. La mayoría de las personas es incapaz de comprenderlos. La Iglesia debe poseer, y posee, el derecho de denunciar al que está equivocado y de exigir de las autoridades una actitud radical.

Esas mujeres apartan al marido de la esposa, al hermano de la hermana, al padre de los hijos. Sin duda, la Iglesia es una madre llena de misericordia, siempre dispuesta a perdonar. Nuestra única preocupación es lograr que se arrepientan, para que podamos entregar sus almas ya purificadas al Creador. Como un arte divina, en la que se reconoce la inspirada palabra de Cristo, gradúa sus castigos hasta que ellas confiesen sus rituales, sus maquinaciones, los fetiches que esparcieron por la ciudad, transformada ahora en caos y anarquía.

Este año ya conseguimos empujar a los musulmanes al otro lado de África, porque fuimos guiados por el brazo victorioso de Cristo. Casi dominaban Europa, pero la Fe nos ayudó y los vencimos en todas las batallas. Los judíos también huyeron, y los que quedaron serán convertidos a hierro y fuego.

Pero la de los judíos y los árabes fue la traición de quienes decían creer en Cristo, y que nos apuñalaron por la espalda. Mas también ellos serán castigados cuando menos lo esperen, es sólo una cuestión de tiempo.

En este momento, debemos concentrar nuestras fuerzas en quienes, de manera insidiosa, se infiltran en nuestro rebaño, auténticos lobos vestidos con piel de oveja. Ustedes tienen la oportunidad de mostrar a todos que el mal jamás pasará desapercibido porque, si esas mujeres tuviesen éxito, la noticia se esparcirá, se dará un mal ejemplo, y el viento del pecado se convertirá en huracán; quedaremos debilitados, los árabes volverán, los judíos se agruparán de nuevo, y 1, 500 años de lucha por la Paz de Cristo serán enterrados.

Se ha dicho que la tortura fue instituida por el tribunal del Santo Oficio. ¡Nada más falso! Muy por el contrario: cuando el Derecho Romano aceptó la tortura, inicialmente la Iglesia la rechazó. Y ahora, apremiados por la necesidad, la hemos adoptado, ¡pero su uso es LIMITADO! El Papa permitió, mas no ordenó, que se aplique la tortura en casos rarísimos. Pero ese permiso se limita exclusivamente a los herejes. En este tribunal de la Inquisición, tan injustamente desacreditado, todo el código es sabio, honesto y prudente. Después de cualquier denuncia, siempre permitimos a los pecadores la gracia del sacramento de la confesión antes de que vuelvan para enfrentar el juicio en los Cielos, donde serán revelados los secretos que no conocemos. Nuestro mayor interés es salvar a esas pobres almas, y el inquisidor tiene el derecho de interrogar y de prescribir los métodos necesarios para que el inculpado CONFIESE. Aquí interviene, a veces, la aplicación de la tortura, pero solamente en la forma en que indicamos antes.

Sin embargo, los adversarios de la gloria divina nos acusan de verdugos sin corazón, ¡sin ver que la Inquisición aplica la tortura con una medida y una indulgencia desconocidas por todos los tribunales civiles de nuestro tiempo! La tortura sólo puede ser empleada UNA vez en cada proceso, de modo que espero que no desperdicies esta única oportunidad. Si no actúas en la forma correcta, estarás desacreditando al tribunal y nos veremos obligados a liberar a quienes sólo vinieron a este mundo para esparcir la simiente del pecado. Todos somos débiles, sólo el Señor es fuerte. Pero Él nos vuelve fuertes cuando nos concede la honra de luchar por la gloria de Su nombre.

No tienes derecho a equivocarte. Si esas mujeres son culpables, deben confesar antes de que podamos entregarlas a la misericordia del Padre.

Y, aun cuando sea tu primera vez, y tu corazón esté lleno de lo que piensas es compasión, pero que en verdad no pasa de ser una flaqueza, recuerda que Jesús no dudó en azotar a los vendedores del Templo. El Superior se encargará de mostrar los procedimientos correctos, de manera que, cuando llegue tu ocasión de actuar en el futuro, puedas usar el látigo, la rueda, lo que esté a tu alcance, sin que tu espíritu se debilite. Recuerda que no hay nada más piadoso que la muerte en la hoguera. Es la forma más legítima de purificación. ¡El fuego quema la carne, pero limpia el alma, que podrá entonces ascender a la gloria de Dios!

Tu trabajo es fundamental para mantener el orden, para que nuestro país supere las dificultades internas, la Iglesia reconquiste el poder amenazado por las iniquidades, y la palabra del Cordero pueda volver a hacer eco en el corazón de las personas. A veces es necesario utilizar el miedo para que el alma encuentre su camino. A veces es preciso recurrir a la guerra para que al fin podamos vivir en paz. Que no nos importe la forma en que estamos siendo juzgados ahora, porque el futuro nos hará justicia y reconocerá nuestro trabajo.

Sin embargo, aun cuando las personas del futuro no comprendan lo que hicimos, y se olviden de que fuimos obligados a ser duros para que todos pudieran vivir en la mansedumbre predicada por el Hijo, nosotros sabemos que la recompensa nos aguarda en el Cielo.

Es necesario arrancar de la tierra las semillas del mal antes de que echen raíces y crezcan. Ayuda a tu Superior a cumplir el deber sagrado, sin odio contra esas pobres criaturas, pero sin piedad con el Maligno.

Recuerda que existe otro tribunal en el Cielo, y te pedirá cuentas de cómo administraste el deseo de Dios en la tierra.

F.T.T., O.P.

Creer aún aun sin ser creyente

P asamos toda la noche sin movernos. Despierto con ella en mis brazos, exactamente en la misma posición en la que estábamos antes del anillo de oro. Me duele el cuello por la falta de movimiento durante el sueño.

—Levantémonos. Hay algo que debemos hacer.

Ella se voltea para el otro lado, diciendo algo como: "El sol sale muy temprano en Siberia en esta época del año".

—Levantémonos. Debemos salir ahora. Ve a tu cuarto, vístete y nos encontraremos allá abajo.

* * *

El hombre en la recepción del hotel me dio un mapa y me indicó adónde debo ir. Son cinco minutos de caminata. Ella reclama por qué no han abierto el bufet del desayuno.

Damos vuelta en dos calles y llegamos adonde yo necesitaba llegar.

—¡Pero eso es… una iglesia!

Sí, una iglesia.

—Detesto despertar temprano. Y detesto todavía más… eso —señala la cúpula en forma de cebolla pintada de azul, con una cruz dorada en la punta.

Las puertas están abiertas, y algunas señoras de edad entran a la iglesia. Miro alrededor y veo que la calle está completamente desierta, todavía no hay tráfico.

—Necesito mucho que hagas algo por mí.

Finalmente ella me da la primera sonrisa del día. ¡Le estoy pidiendo algo! ¡Ella es necesaria en mi vida!

—¿Es algo que sólo yo puedo hacer?

—Sí, sólo tú. Pero no me preguntes por qué te lo estoy pidiendo.

*   *   *

La llevo de la mano hasta el interior. No es la primera vez que entro en una iglesia ortodoxa. Nunca aprendí bien lo que debía hacer, además de encender las finas velas de cera y rezar para que los santos y los ángeles me protejan. Aun así, siempre me fascino con la belleza de esos templos, repitiendo el proyecto arquitectónico ideal: el techo en forma de cielo, la nave central sin bancas, los arcos laterales, los iconos que los pintores trabajaron en oro, oración y ayuno, ante los cuales algunas de las señoras que acaban de entrar se inclinan y besan el vidrio protector.

Así como sucede con todo en el mundo, las cosas comienzan a encajar con perfección absoluta cuando estamos concentrados en lo que queremos. A pesar de todo lo que experimenté durante la noche, a pesar de no haber conseguido pasar de la carta frente a mí, todavía hay tiempo hasta llegar a Vladivostok, y mi corazón está en calma.

Hilal también parece encantada por la belleza del lugar. Debe haber olvidado que estamos en una iglesia. Voy hasta donde está una señora sentada en un rincón, compro cuatro velas, enciendo tres delante de la imagen que me parece ser de San Jorge y pido por mí, por mi familia, por mis lectores y por mi trabajo.

Le llevo la cuarta vela encendida a Hilal.

—Por favor haz todo lo que te pida. Toma esta vela.

En un movimiento instintivo, ella mira hacia los lados, tratando de ver si alguien está prestando atención a lo que estamos haciendo. Debe estar pensando que quizás eso no sea respetuoso o propio para el lugar donde nos encontramos. Pero al momento siguiente ya no le importa. Detesta las iglesias y no tiene que comportarse como todo el mundo.

La llama de la vela se refleja en sus ojos. Bajo la cabeza. No siento la menor culpa, sólo aceptación y un dolor remoto, que se manifiesta en otra dimensión y que necesito acoger.

—Yo la traje. Y te pido que me perdones.

—¡Tatiana!

Pongo mis dedos en sus labios. A pesar de toda su fuerza de voluntad, de su lucha, de su talento, no puedo olvidar que tiene 21 años. Yo debía haber construido la frase de otra manera.

—No, no fue Tatiana. Por favor, sólo perdóname.

—No puedo perdonar algo que no sé qué es.

—Recuerda el Aleph. Recuerda lo que sentiste en ese momento. Intenta traer a este lugar sagrado algo que no conoces, pero que está en tu corazón. Si fuese necesario, imagina una sinfonía que te guste tocar y deja que ella te guíe hasta el lugar al que debes ir. Sólo eso importa ahora. Las palabras, las explicaciones y las preguntas no servirán de nada, sólo para confundir más algo que de por sí ya es bastante complejo. Simplemente perdóname. Ese perdón debe venir del fondo de tu alma, de esa alma que pasa de un cuerpo y otro y que aprende a medida que viaja en el tiempo que no existe, y en el espacio que es infinito.

"Nunca podemos herir al alma, porque nunca podemos herir a Dios. Pero somos cautivos de la memoria, y eso hace que nuestra vida sea miserable, aunque tengamos todo para ser felices. Ojalá pudiéramos estar totalmente aquí, como si hubiésemos despertado en este momento en el planeta Tierra y nos encontráramos dentro de un templo cubierto de oro. Pero no podemos."

—No sé por qué debo perdonar al hombre que amo. Tal vez tenga una única razón para hacerlo: jamás he escuchado lo mismo salir de tu boca.

Comienza a esparcirse un olor a incienso. Los padres entran para su oración matinal.

—Olvida quién eres en este momento, y ve al lugar donde está aquella que siempre fuiste. En ese sitio encontrarás las palabras adecuadas de perdón y me perdonarás con ellas.

Hilal busca inspiración en las paredes doradas, en las columnas, en las personas que están entrando a esa hora de la mañana, en las llamas de las velas encendidas. Cierra los ojos, siguiendo tal vez mi sugerencia e imaginando las notas de una música.

—No lo vas a creer. Parece que estoy viendo a una muchacha… que ya no está aquí y que quiere regresar.

Le pido que escuche lo que la muchacha tiene que decir.

—La muchacha perdona. No porque se volvió santa, sino porque ya no aguanta cargar con ese odio. Odiar cansa. No sé si algo cambia en el Cielo o en la Tierra, si salva o condena mi alma, pero estoy exhausta y hasta ahora lo entiendo. Perdono al hombre que quiso destruirme cuando tenía 10 años. Él sabía lo que estaba haciendo, yo no. Pero creí que era mi culpa, lo odié a él y me odié a mí misma, odié a todos los que se me acercaban y ahora mi alma se está liberando.

No, no era eso lo que yo esperaba.

—Perdona todo y a todos, pero perdóname —pido—. Inclúyeme en tu perdón.

—Perdono todo y a todos, incluso a ti, cuyo crimen desconozco. Perdono porque te amo y porque tú no me amas, perdono porque tú me ayudas a estar siempre cerca de mi demonio, aunque yo no hubiera pensado en él desde hace años. Perdono porque tú me rechazas y mi poder se pierde, perdono porque no entiendes quién soy y qué estoy haciendo aquí. Te perdono y al demonio que tocaba mi cuerpo cuando yo no entendía bien qué era la vida. Él tocaba mi cuerpo, pero deformaba mi alma.

Ella une las manos en oración. Me gustaría que el perdón fuese sólo para mí, pero Hilal estaba redimiendo todo su mundo. Y tal vez fuese mejor así.

Su cuerpo comienza a temblar. Los ojos se llenan de lágrimas.

—¿Tiene que ser aquí? ¿Tiene que ser en una iglesia? Vamos afuera, a cielo abierto. ¡Por favor!

—Tiene que ser en una iglesia. Un día lo haremos a cielo abierto, pero hoy tiene que ser en una iglesia. Por favor, perdóname.

Ella cierra los ojos y levanta las manos al techo. Una mujer que entra ve el gesto y hace una señal de desaprobación con la cabeza: estamos en un lugar sagrado, los rituales son diferentes, deberíamos respetar la tradición. Finjo que no me doy cuenta y me siento aliviado porque ahora Hilal está hablando con el Espíritu, que dicta las oraciones y las verdaderas leyes, y nada en este mundo puede distraerla.

—Yo me libero del odio por medio del perdón y del amor. Entiendo que el sufrimiento no puede ser evitado, que está aquí para hacerme avanzar en dirección a la gloria. Comprendo que todo se entrelaza, todos los caminos se encuentran, todos los ríos corren hacia el mismo mar. Por eso, yo soy en este momento el instrumento del perdón. Perdón por crímenes que fueron cometidos, uno que conozco, y otro que desconozco.

Sí, un espíritu hablaba con ella. Yo conocía ese espíritu y esa oración, que había aprendido hacía muchos años en Brasil. Era de un muchacho y no de una muchacha. Pero ella repetía las palabras que estaban en el Cosmos, siempre esperando para ser usadas cuando fuese necesario.

Hilal habla en voz baja, pero la acústica de la iglesia es tan perfecta que todo lo que dice parece hacer eco en los cuatro rincones.

—*Perdono las lágrimas que me hicieron verter.*

Perdono los dolores y las decepciones.

Perdono las traiciones y mentiras.

Perdono las calumnias y las intrigas.

Perdono el odio y la persecución.

Perdono los golpes que me hirieron.

Perdono los sueños destruidos.

Perdono las esperanzas muertas.

Perdono el desamor y los celos.

Perdono la indiferencia y la mala voluntad.

Perdono la injusticia en nombre de la justicia.

Perdono la rabia y los malos tratos.

Perdono la negligencia y el olvido.

Perdono al mundo, con todo su mal.

Ella baja los brazos, abre los ojos y se lleva las manos a la cara. Yo me acerco para abrazarla, pero ella hace una señal con las manos.

—No he terminado todavía.

Vuelve a cerrar los ojos y a dirigirse al cielo.

—Me perdono también a mí misma. Que los infortunios del pasado ya no sean un peso en mi corazón. En lugar de la tristeza y el resentimiento, pongo la comprensión y el entendimiento. En lugar de la rebeldía, pongo la música que sale de mi violín. En lugar del dolor, pongo el olvido. En lugar de la venganza, pongo la victoria.

—*Seré naturalmente capaz de amar por encima de todo desamor.*

De dar aun habiendo sido desposeída de todo.

De trabajar alegremente incluso en medio de todos los obstáculos.

De extender la mano aun cuando esté en la más completa soledad y abandono.

De secar las lágrimas aun en medio del llanto.

De creer aun sin ser creyente.

Abre los ojos, pone las manos en mi cabeza, y dice con toda la autoridad que viene de lo Alto:

—Así sea. Así será.

*   *   *

Un gallo canta a lo lejos. Es la señal. Tomo su mano y salimos, mirando la ciudad que comienza a despertar. Ella está un poco sorprendida con todo lo que dijo, yo siento que el perdón fue el momento más importante de mi viaje hasta ese momento. Pero no es el último paso, necesito saber lo que ocurre después de que termino de leer la carta.

Llegamos a tiempo de tomar café con el resto del grupo, preparar las maletas y salir en dirección a la estación del tren.

—Hilal dormirá en la cabina vacía de nuestro vagón —digo.

Nadie comenta nada. Imagino lo que están pensando y no me tomo la molestia de explicar que no se trata de eso en absoluto.

—*Korkmaz Igit* —dice Hilal.

Por la expresión de sorpresa de todos, incluyendo a mi intérprete, eso no debía ser ruso.

—*Korkmaz Igit* —repite.—. En turco, lo temido sin destemor.

Las hojas de té

Todos parecen estar más acostumbrados al viaje. La mesa es el centro de este universo y todos los días nos reunimos en tono a ella para el desayuno, el almuerzo, la cena, las conversaciones sobre la vida y sobre las expectativas de lo que nos espera más adelante. Ahora, Hilal está instalada en el mismo vagón, participa de las comidas, usa mi baño para tomar su ducha diaria, toca el violín compulsivamente durante el día, y participa cada vez menos de las discusiones.

Hoy estamos hablando de los lamas del Lago Baikal, nuestra próxima parada. Yao explica que le gustaría mucho que yo conociera a uno de ellos.

—Ya veremos cuando lleguemos allá.

Traducción: "No estoy muy interesado".

Pero no creo que se deje desalentar por eso. En las artes marciales, uno de los principios más conocidos es el de la no resistencia. Los buenos luchadores siempre usan la energía y el golpe contra quien lo descargó. Así, mientras más gaste mi energía en palabras, menos convencido estaré de lo que digo, y en breve será fácil dominarme.

—Recuerdo nuestra conversación antes de que llegáramos a Novosibirsk —dice la editora—. Tú decías que el Aleph era un punto fuera de nosotros, pero que cuando dos personas están enamoradas logran traer ese punto a cualquier lugar. Los lamas creen que están dotados de poderes especiales, y que sólo ellos pueden tener ese tipo de visión.

—Si hablamos de la Tradición mágica, la respuesta es: "Este punto está allá afuera". Si hablamos de la tradición humana, las personas enamoradas pueden en ciertos momentos, pero sólo en ocasiones muy especiales, experimentar el Todo. En la vida real solemos vernos como seres diferentes, pero el Universo entero es una sola cosa, una misma alma. Sin embargo, para provocar el Aleph de esa manera es necesario un hecho muy intenso: un gran orgasmo, una gran pérdida, un conflicto que alcanza su punto máximo, un momento de éxtasis ante algo de rarísima belleza.

—Conflicto es lo que no falta —dice Hilal—. Vivimos rodeados de conflictos, como en este vagón.

La muchacha que estaba tranquila parece haber regresado al inicio del viaje, provocando una situación que ya había sido resuelta. Conquistó el terreno y desea probar su recién adquirido poder. La editora sabe que las palabras estaban dirigidas a ella.

—Los conflictos son para las almas que no tienen mucho discernimiento —responde, tratando de generalizar, pero lanzando la flecha al blanco—. El mundo está dividido entre los que me entienden y los que no me entienden. En el segundo caso, yo simplemente dejo que esas personas se torturen tratando de ganar mi simpatía.

—Qué gracioso, yo soy muy parecida —rebate Hilal—. Siempre me imaginé como soy, y siempre logro llegar adonde quería. Un ejemplo claro de esto es que ahora estoy durmiendo en este vagón.

Yao se levanta. No debe tener paciencia para aguantar este tipo de conversación.

El editor me mira. ¿Qué espera que yo haga? ¿Que tome partido?

—No tienes idea de lo que estás diciendo —opina la editora, mirando ahora directamente a Hilal—. Yo también creí siempre que estaba preparada para todo, hasta que nació mi hijo. El mundo pareció desmoronarse en mi cabeza, me sentí débil, insignificante, incapaz de protegerlo. ¿Sabes quién se cree capaz de todo? El niño. Él confía, no tiene miedo, cree en su propio poder y consigue exactamente lo que quiere.

"Pero el niño crece. Comienza a entender que no es tan poderoso como creía, que depende de los demás para sobrevivir. Entonces ama, espera ser retribuido y, a medida que la vida va avanzando, cada vez desea más el ser correspondido. Está dispuesto a sacrificarlo todo, incluso su poder, para recibir a cambio el mismo amor que entrega. Y terminamos donde estamos hoy: adultos haciendo cualquier cosa para ser aceptados y queridos."

Yao había regresado, pero estaba de pie, equilibrándose con una bandeja de té y cinco tacitas.

—Por eso pregunté sobre el Aleph y el amor —continúa la editora—. No estaba hablando de un hombre. Hubo momentos en que miraba a mi hijo dormido y podía ver todo lo que estaba ocurriendo en el mundo: el lugar de donde él había venido, los lugares que conocería, las pruebas que debía enfrentar para llegar adonde yo soñaba que llegara. Él fue creciendo, el amor siguió con la misma intensidad, pero el Aleph desapareció.

Sí, ella entendía el Aleph. Sus palabras fueron seguidas de un silencio respetuoso. Hilal quedó completamente desarmada.

—Estoy perdida —admite—. Parece que las razones que yo tenía para llegar a donde estoy ahora ya desaparecieron. Puedo saltar del tren en la próxima estación, volver a Ekaterinburg, dedicarme el resto de mi vida al violín y seguir sin entender nada de eso. Y en el día de mi muerte, preguntaré: "¿qué estaba haciendo aquí?".

Toco su brazo.

—Ven conmigo.

Yo iba a levantarme para llevarla al Aleph, hacer que descubriera por qué decidió cruzar Asia en tren, prepararme para cualquier reacción y aceptar lo que ella decidiera. Recordé a la doctora que nunca volví a ver —no sería distinto con Hilal.

—Un minuto —dice Yao.

Pide que nos sentemos de nuevo, distribuye las tacitas y coloca la tetera en el centro de la mesa.

—Mientras viví en Japón, aprendí la belleza de las cosas simples. Y la cosa más simple y más sofisticada que experimenté fue beber té. Me levanté con el único objetivo de hacer eso: explicar que, a pesar de todos nuestros conflictos, de todas nuestras dificultades, mezquindades y generosidad, podemos adorar lo simple. Los samuráis dejaban fuera sus espadas, entraban en la sala, se sentaban en la postura correcta y bebían té en una ceremonia rigurosamente elaborada. Durante esos breves minutos, eran capaces de olvidar la guerra y dedicarse sólo a adorar lo bello. Hagámoslo.

Llena cada una de las tacitas. Aguardamos en silencio.

—Fui a buscar el té porque vi a dos samuráis listos para el combate. Pero regresé, y los honrados guerreros habían sido sustituidos por dos almas que se comprendían sin que nada de eso fuese necesario. Incluso así, bebamos juntos. Concentremos nuestro esfuerzo en el intento de alcanzar lo Perfecto por medio de los gestos imperfectos de la vida cotidiana. La verdadera sabiduría consiste en respetar las cosas simples que hacemos, pues ellas pueden transportarnos hasta donde necesitamos llegar.

Tomamos respetuosamente el té que Yao nos sirvió. Ahora que fui perdonado, puede puedo sentir el sabor de las hojas cuando todavía eran jóvenes. Puedo envejecer con ellas, secarme al sol, ser recogido por manos encallecidas, transformarme en bebida y crear armonía a mi alrededor. Nada me aprisiona: en el transcurso de este viaje estamos destruyendo y reconstruyendo constantemente quiénes somos.

Cuando terminamos, vuelvo a invitar a Hilal a que me siga. Ella merece saber y decidir por sí misma.

Estamos en el cubículo que da a las puertas del tren. Un hombre más o menos de mi edad conversa con una señora justo en el sitio donde está el Aleph. Debido a la energía de ese punto, es posible que se queden ahí por algún tiempo.

Aguardamos un poco. Llega una tercera persona, enciende un cigarrillo y se une a los otros dos.

Hilal propone volver a la sala:

—Ese espacio es sólo para nosotros. Ellos no debían estar ahí, sino en el vagón anterior.

Le pido que no haga nada. Podemos esperar.

—¿Por qué la agresión, cuando ella quería hacer las paces? —pregunto.

—No sé. Estoy perdida. Cada parada, cada día, estoy más perdida. Creí que tenía una necesidad imperiosa de encender el fuego en la montaña, estar a tu lado, ayudarte a cumplir una misión que desconozco. Imaginaba que ibas a reaccionar como reaccionaste: haciendo todo lo posible para que eso no ocurriera. Y recé para ser capaz de superar los obstáculos, aguantar las consecuencias, ser humillada, ofendida, rechazada y mirada con desprecio, todo en nombre de un amor que no me imaginaba que existiera, pero que existe.

"Y finalmente llegué muy cerca: al cuarto de al lado, vacío porque Dios quiso que la persona que lo ocuparía desistiera a última hora. No fue ella quien tomó la decisión: vino de lo Alto, estoy segura. Sin embargo, desde que entré en este tren con rumbo al Océano Pacífico, ya no tengo ganas de seguir adelante."

Otra persona se une al grupo. Esta vez trajo tres latas de cerveza. Por lo visto, la conversación todavía durará mucho.

—Sé a qué te refieres. Crees que el fin ha llegado, pero no es cierto. Y tienes toda la razón, debes entender lo que estás haciendo aquí. Viniste para perdonarme y me gustaría mostrarte por qué. Pero las palabras matan, sólo la experiencia podrá hacer que lo comprendas todo. Mejor dicho, que ambos podamos comprenderlo todo, porque yo también desconozco el final, la última línea, la última palabra de esta historia.

—Esperemos que ellos salgan para entrar en el Aleph.

—Eso fue lo que pensé, pero ellos no van a salir tan pronto, justamente a causa del Aleph. Aunque no estén conscientes de ello, experimentan una sensación de euforia y plenitud. Mientras observaba a ese grupo que está ante nosotros, me di cuenta de que quizás necesite guiarte, y no sólo mostrarte todo de una vez.

"Esta noche ven a mi cuarto. Ahora tendrás problemas para dormir, porque este vagón se mueve mucho. Pero cierra los ojos, relájate y quédate a mi lado. Deja que yo te abrace como te abracé en Novosibirsk. Voy a intentar ir solo hasta el fin de la historia, y te diré exactamente lo que pasó."

—Es todo lo que quería escuchar. Una invitación para ir a tu cuarto. Por favor, no me rechaces de nuevo.

La quinta mujer

No me dio tiempo de lavar mi pijama.

Hilal está usando sólo una camiseta que acaba de pedirme prestada y que cubre su cuerpo, dejando las piernas desnudas. No logro ver si está usando otra cosa debajo de eso. Se mete bajo las cobijas.

Acaricio sus cabellos. Debo usar todo el tacto y la delicadeza del mundo, decir todo y no decir nada.

—Todo lo que necesito en este momento es un abrazo. Un gesto tan antiguo como la humanidad, que significa mucho más que el encuentro de dos cuerpos. Un abrazo quiere decir: tú no me amenazas, no tengo miedo de estar tan cerca, me puedo relajar, sentirme en casa, estoy protegido y alguien me comprende. Dice la tradición que cada vez que abrazamos a alguien con ganas, obtenemos un día de vida. Por favor, hazlo ahora —le pido.

Pongo mi cabeza en su pecho, y ella me envuelve en sus brazos. Escucho de nuevo el corazón latiendo rápido, percibo que ella no está usando sostén.

—Me gustaría mucho contarte lo que voy a tratar de hacer, pero no puedo. Nunca he llegado al fin, al punto en que las cosas se resuelven y son explicadas. Siempre me detengo en el mismo momento, cuando estamos saliendo.

—¿Cuándo Cuando estamos saliendo de dónde? —pregunta Hilal.

—Cuando todos están saliendo de la plaza, no me pidas que te explique mejor. Son ocho mujeres, y una de ellas me dice algo que no logro escuchar. En estos 20 años estuve con cuatro de ellas, ninguna pudo llevarme al desenlace. Tú eres la quinta que encuentro. Como este viaje no fue por casualidad, como Dios no juega a los dados con el Universo, entiendo por qué el relato sobre el fuego sagrado hizo que tú vinieses a mí. Sólo lo entendí cuando nos sumergimos juntos en el Aleph.

—Necesito un cigarro. Sé más claro. Creí que querías estar conmigo.

Nos sentamos en la cama y encendemos un cigarrillo cada uno.

—Me encantaría ser más claro, contarte todo, siempre que pudiera entender lo que sucede después de la carta, que es lo primero que aparece. Enseguida, escucho la voz de mi superior que me dice que las ocho mujeres nos esperan. Y sé que, al final, una de ustedes me dice algo, que puede ser una bendición o una maldición.

—¿Estás hablando de vidas pasadas? ¿De una carta?

Era eso lo que yo quería que comprendiera. Siempre que no me pida que le explique ahora de qué vida estoy hablando.

—Todo está aquí en el presente. O estamos condenándonos, o nos estamos salvando. O, también, nos estamos condenando y salvando a cada minuto, siempre cambiando de lado, saltando de un vagón a otro, de un mundo paralelo a otro. Debes creer.

—Yo creo. Pienso que sé de lo que estás hablando.

Otro tren pasa en sentido contrario. Vemos las ventanas encendidas en rápida sucesión, el estruendo, el desplazamiento del aire. El vagón se mueve más que de costumbre.

—Entonces es preciso ir ahora al otro lado, que se encuentra en el mismo "tren" llamado tiempo y espacio. No es difícil: basta imaginar un anillo de oro subiendo y bajando por tu cuerpo, lentamente al principio y después haciendo que gane velocidad. Cuando estábamos en esta misma posición en Novosibirsk, el proceso funcionó con una nitidez increíble. Por eso me gustaría repetir lo que hicimos ahí: tú me abrazabas, yo te abrazaba, y el anillo me llevó al pasado sin mucho esfuerzo.

—¿Con eso basta? ¿Con imaginarnos un anillo?

Mis ojos están fijos en la computadora que está sobre la pequeña mesa de mi cuarto. Me levanto y la traigo a la cama.

—Creemos que aquí hay fotos, palabras, imágenes, una ventana al mundo. Pero en realidad lo que existe detrás de todo lo que vemos en una computadora es una sucesión de "0" y de "1". Eso que los programadores llaman lenguaje binario.

"También somos obligados a crear una realidad visible a nuestro alrededor, o la raza humana jamás habría sobrevivido a los depredadores. Inventamos algo llamado 'memoria', como la que existe en una computadora. La memoria sirve para protegernos del peligro, permitir que podamos vivir en sociedad, encontrar alimento, crecer, transferir todo lo que aprendemos a la próxima generación. Pero no es lo principal en la vida."

Vuelvo a colocar la computadora en la mesa y regreso a la cama.

—Ese anillo de fuego es sólo un artificio para liberarnos de la memoria. Leí algo al respecto, pero no me acuerdo quién lo escribió. Lo hacemos de manera inconsciente todas las noches cuando soñamos: vamos a nuestro pasado reciente o remoto. Despertamos pensando que vivimos verdaderos absurdos durante el sueño, pero no es así. Estuvimos en otra dimensión, donde las cosas no suceden exactamente como aquí. Creemos que nada de eso hace sentido porque al despertar estamos de vuelta, volvemos a un mundo organizado por la "memoria", a nuestra capacidad de comprender el presente. Rápidamente olvidamos lo que vimos.

—¿Y así de simple es volver a una vida pasada o entrar en otra dimensión?

—Es simple cuando soñamos y también cuando lo provocamos, pero este segundo caso no es nada aconsejable. Una vez que el anillo toma posesión de tu cuerpo, tu alma se desprende y entra en tierra de nadie. Si no sabes adónde vas, caerás en un sueño profundo y puedes ser transportada a lugares donde no serás bienvenida, no aprenderás nada, o traerás al momento presente problemas del pasado.

Terminamos los cigarrillos. Pongo el cenicero en la silla que sirve como mesa de noche y le pido que vuelva a abrazarme. Su corazón está más disparado que nunca.

—¿Yo soy una de esas ocho mujeres?

—Sí. Todas las personas con las que tuvimos problemas en el "pasado" aparecen de nuevo en nuestras vidas, en aquello que los místicos llaman la Rueda del Tiempo. A cada encarnación estamos más conscientes y esos conflictos se van solucionando. Cuando todos los conflictos de todas las personas dejen de existir, la raza humana entrará en un nuevo estadio.

—¿Por qué creamos conflictos en el pasado? ¿Sólo para resolverlos más adelante?

—No, para que la humanidad pueda evolucionar hacia un punto que no sabemos exactamente cuál es. Imagina la época en la que todos éramos parte de un caldo orgánico que cubría el planeta. Durante millones de años, las células se reprodujeron de la misma forma hasta que una de ellas mutó. En ese momento, billones de otras células dijeron: "Está equivocada, entró en shock como todas nosotras".

"Sin embargo, esa mutación hizo que las que estaban a su lado se transformaran también. Y, de error en error, el caldo inicial se fue convirtiendo en amibas, peces, animales y hombres. El conflicto fue la base de la evolución."

Ella enciende otro cigarrillo.

—¿Y por qué debemos solucionarlos ahora?

—Porque el Universo, o el corazón de Dios, se contrae y se expande. Los alquimistas tenían como lema principal: "*Salve et coagula*". Disuelve y concentra. No me preguntes por qué: no lo sé.

"Hoy en la tarde tú y mi editora discutieron. Gracias a ese enfrentamiento, cada una pudo encender una luz que la otra no estaba viendo. Ustedes se disolvieron y se concentraron de nuevo, y todos los que estábamos alrededor ganamos con eso. También hubiera podido suceder que el resultado final fuera lo opuesto: una confrontación sin resultados positivos. En ese caso, el asunto no sería tan relevante o tendría que ser resuelto más tarde. No quedaría sin solución, porque la energía del odio entre dos personas contagiaría a todo el vagón. Ese vagón es una metáfora de la vida."

Ella no está muy interesada en teorías.

—Comienza. Voy contigo.

—No, tú no vas conmigo. Aunque yo esté en tus brazos, tú no sabes adónde voy. No lo hagas. Prométeme que no lo harás, que no imaginarás el anillo. Incluso si yo no obtengo la solución, te diré dónde te encontré antes. No sé si fue la única vez que eso ocurrió en todas mis vidas, pero es la única de la que estoy seguro.

Ella no responde.

—Prométemelo —insisto—. Hoy traté de llevarte al Aleph, pero había gente ahí. Eso significa que tengo que ir allá antes que tú.

Ella abre los brazos y hace intentos por levantarse. Yo me mantengo en la cama.

—Vamos al Aleph ahora —dice—. Nadie debe estar ahí en este momento.

—Por favor, confía en mí. Vas a abrazarme, pero no te moverás mucho, aun cuando tengas dificultades para dormir. Déjame ver primero si consigo la respuesta. Enciende el fuego sagrado en la montaña, porque voy a un lugar frío como la muerte.

—Yo soy una de esas mujeres —afirma Hilal.

Sí, le repito que sí. Estoy escuchando su corazón.

—Encenderé el fuego sagrado y me quedaré aquí para apoyarte. Vete en paz.

Imagino el anillo. El perdón me hace más libre, en poco tiempo él está circulando solo alrededor de mi cuerpo, empujándome hacia un lugar que conozco, al que no quiero ir, pero al cual es preciso volver.

Ad Extirpanda

L evanto la mirada de la carta y observo a la pareja bien vestida que está frente a mí. El hombre en su camisa de lino inmaculadamente blanca, cubierta por un saco de terciopelo con las mangas bordadas en oro. La mujer con blusa blanca también, con mangas largas y cuello alto bordado en oro que enmarca su rostro preocupado. Además de eso, luce un corpiño de lana con hilos de perlas y un saco de piel echado sobre los hombros. Ellos hablan con mi superior.

—Somos amigos desde hace años —dice ella, con una sonrisa forzada en el rostro, como si quisiese convencernos de que todo sigue igual, que aquello no pasa de ser un mal entendido—. El señor la bautizó, poniéndola en el camino de Dios.

Y volviéndose hacia mí:

—Tú la conoces mejor que nadie en el mundo. Jugaron juntos, crecieron juntos y sólo se apartaron cuando elegiste el sacerdocio.

El inquisidor está impasible.

Ellos me piden con los ojos que los ayude. Muchas veces dormí en su casa y comí de su comida. Después de que mis padres murieron a causa de la peste, fueron ellos quienes se hicieron cargo de mí. Hago una señal afirmativa con la cabeza. Aunque soy cinco años mayor que ella, sí, la conozco mejor que nadie: jugamos juntos, crecimos juntos y, antes de que yo ingresara a la Orden de los Dominicos, ella era la mujer con la que me hubiese gustado pasar el resto de mis días.

—No estamos hablando de sus amigas —el padre se dirige al inquisidor, también con una sonrisa que expresa una falsa confianza—. No sé lo que hacen o anduvieron haciendo. Pienso que la Iglesia tiene el deber de acabar con la herejía, así como acabó con la amenaza de los moros. Deben ser culpables, porque la Iglesia jamás es injusta. Pero los señores saben que nuestra hija es inocente.

En la víspera, tal y como sucedía todos los años, los superiores de la Orden visitaron la ciudad. La tradición mandaba que todos debían reunirse en la plaza principal. No eran obligados a hacerlo, pero quien no apareciera se convertía automáticamente en sospechoso. Las familias de todas las clases sociales se aglomeraron ante la iglesia, y uno de los superiores leyó un documento explicando la razón de la visita: descubrir a los herejes y conducirlos ante la justicia terrena y divina. Enseguida, vino el momento de misericordia: quienes diesen un paso al frente y confesaran espontáneamente la falta de respeto a los dogmas divinos, serían sometidos a un castigo más suave. A pesar del terror presente en todas las miradas, nadie se movió.

Era entonces el momento de pedir que los vecinos denunciaran cualquier actividad sospechosa. Fue cuando un labrador, conocido por golpear a sus hijas, tratar mal a sus empleados, pero asistir a misa todos los domingos, como si fuese realmente uno de los corderos de Dios, se aproximó al Santo Oficio y comenzó a señalar a cada una de las muchachas.

* * *

El inquisidor se voltea hacia mí, hace una señal con la cabeza y le extiendo la carta. Él aguarda junto a una pila de libros.

La pareja espera. A pesar del frío, la frente del hombre poderoso está cubierta de sudor.

—Nadie de nuestra familia se movió porque sabíamos que somos temerosos de Dios. No vine aquí para salvar a todas ellas, sólo quiero a mi hija de regreso. Y prometo por todo lo que es sagrado que cuando cumpla los 16 años será entregada a un convento. Su cuerpo y su alma no tendrán otro trabajo en este mundo que la devoción terrena a la Majestad Divina.

—Este hombre las acusó delante de todos —dice finalmente el inquisidor—. Si fuera mentira, no se arriesgaría a la deshonra ante la población. Normalmente estamos acostumbrados a las denuncias anónimas, ya que no siempre encontramos personas tan valientes.

Animado porque el inquisidor había roto el silencio, el hombre poderoso y bien vestido piensa ahora que existe una posibilidad de diálogo.

—Fue un enemigo, el señor lo sabe. Lo despedí del trabajo porque miraba a mi hija con codicia. Es pura venganza, nada tiene que ver con nuestra fe.

"Es verdad", me gustaría decir en ese momento. No sólo por ella, sino por las otras siete acusadas. Corren rumores de que el tal labrador ya tuvo relaciones sexuales con dos de sus hijas; un pervertido por naturaleza, que sólo encuentra placer en las jovencitas.

El inquisidor retira un libro de una pila sobre su mesa.

—Quisiera creer que sí. Y estoy dispuesto a poder probarlo, pero antes debo seguir los procedimientos correctos. Si ella es inocente, nada tendrá que temer. Nada, absolutamente nada será hecho más allá de lo que aquí está escrito. Después de muchos excesos al principio, ahora estamos más organizados y somos más cuidadosos: hoy en día ya nadie muere en nuestras manos.

Extiende el libro: *Directorium Inquisitorum*. El hombre toma el volumen, pero no lo abre. Mantiene las manos tensas, aferrando la cubierta, como si pudiese esconder de todos que está temblando.

—Nuestro código de conducta —continúa—. Las raíces de la fe cristiana. La perversidad de los herejes. Y cómo debemos distinguir una cosa de la otra.

La mujer se lleva la mano a la boca y se muerde los dedos, controlando el miedo y el llanto. Ya se dio cuenta de que no logrará nada.

—Pero soy yo quien dirá al tribunal que la vi, cuando era una niña, hablando con lo que ella decía eran "amigos invisibles". Es un hecho conocido en la ciudad que ella y sus amigas se reúnen en el bosque vecino y colocan sus dedos en un vaso, tratando de moverlo con la fuerza del pensamiento. Cuatro de ellas ya confesaron que estaban intentando entrar en contacto con los espíritus de los muertos, que les revelarían el futuro. Y que están dotadas de poderes demoniacos, como la capacidad de hablar con lo que llaman las "fuerzas de la naturaleza". Dios es la única fuerza y el único poder.

—¡Pero todos los niños hacen eso!

Él se levanta, viene a mi mesa, toma otro libro y comienza a hojearlo. A pesar de la amistad que lo une con aquella familia, única razón para aceptar este encuentro, está impaciente por comenzar y terminar su trabajo antes de que llegue el domingo. Yo procuro confortar a la pareja con la mirada, porque estoy ante un superior y no debo expresar mi opinión.

Pero ellos ignoran mi presencia: están totalmente concentrados en cada movimiento del inquisidor.

—Por favor —repite la madre, ahora sin tratar de ocultar su desesperación—. Perdone a nuestra hija. Si sus amigas confesaron, es porque fueron sometidas a…

El hombre toma la mano de la mujer, interrumpiendo su frase. Pero el inquisidor completa:

—… tortura. Y ustedes, a quienes conozco hace tanto tiempo, con quienes ya discutí todos los aspectos de la Teología, ¿no saben que, si Dios está con ellas, jamás permitiría que sufrieran o confesaran algo que no es? ¿Creen que un poco de dolor sería suficiente para arrancar las peores ignominias de sus almas? La tortura fue aprobada hace 300 años por el santo papa Inocencio IV en su bula *Ad Extirpanda*. No lo hacemos por placer; lo que practicamos es una prueba de fe. Quien no tiene qué confesar será confortado y protegido por el Espíritu.

Las ropas vistosas de la pareja contrastan en forma agresiva con la sala desprovista de cualquier lujo, más allá de una chimenea encendida para calentar un poco el ambiente. Un rayo de sol entra por una abertura en la pared de piedra, y se refleja en las joyas que la mujer trae en los dedos y en el cuello.

—No es la primera vez que el Santo Oficio pasa por la ciudad —continúa el inquisidor—. En otras visitas, ninguno de ustedes se quejó ni creyó injusto lo que estaba ocurriendo. Muy por el contrario, en una de nuestras cenas aprobaron esa práctica que ya dura tres siglos, diciendo que era la única manera de evitar que se diseminaran las fuerzas del mal. Cada vez que purificábamos a la ciudad de sus herejes, ustedes aplaudían. Entendían que no somos verdugos, que sólo estamos en busca de la verdad, que no siempre es transparente, como debía ser.

—Pero…

—Pero era con respecto a los otros. Con aquellos que ustedes juzgaban que merecían la tortura y la hoguera. Cierta vez —señala al hombre—, tú denunciaste a una familia. Dijiste que la madre acostumbraba practicar artes mágicas para que tu ganado muriese. Logramos comprobar la verdad, fueron condenados y…

Él aguarda un poco antes de completar la frase, como saboreando las palabras.

—… y yo te ayudé a comprar por casi nada las tierras de aquella familia, que era tu vecina. Tu piedad fue recompensada.

Se vuelve hacia mí:

—*Molleus Maleficarum.*

Voy al estante que se encuentra detrás de su mesa. Es un buen hombre, profundamente convencido de lo que hace. No está ahí ejerciendo una venganza personal, sino trabajando en nombre de su fe. Aun cuando jamás confiese sus sentimientos, muchas veces lo vi con la mirada distante, perdida en el infinito, como preguntando a Dios por qué le echó una carga tan pesada a sus espaldas.

Le entrego el grueso volumen encuadernado en cuero, con el título grabado a fuego en la cubierta.

—Todo está ahí. *Molleus Maleficarum.* Una larga y detallada investigación sobre la conspiración universal para traer de vuelta al paganismo, sobre las creencias en la naturaleza como única salvación, las supersticiones que afirman que existen vidas pasadas, la maldita astrología y la todavía más maldita ciencia que se opone a los misterios de la fe. El demonio sabe que no puede trabajar solo, necesita de sus hechicerías y sus científicos para seducir y corromper al mundo.

"Mientras que los hombres mueren en las guerras para defender la Fe y el Reino, las mujeres comienzan a creer que nacieron para gobernar, y los cobardes que se creen sabios van a buscar en los instrumentos y las teorías aquello que podrían muy bien encontrar en la Biblia. Nos toca a nosotros impedir que eso suceda. No fui yo quien trajo a esas muchachas aquí. Sólo soy el encargado de descubrir si son inocentes o si debo salvarlas."

Se levanta y me pide que lo acompañe.

—Debo ir. Si su hija es inocente, volverá a casa antes de que nazca un nuevo día.

La mujer se arroja al suelo y se arrodilla a sus pies.

—¡Por favor! ¡Usted la cargó en sus brazos cuando era una criatura!

El hombre intenta su última carta.

—Donaré todas mis tierras y toda mi fortuna a la Iglesia, aquí y ahora. Présteme su pluma, un papel, y lo firmo. Quiero salir de la mano de mi hija.

Él aparta a la mujer, que sigue arrodillada, el rostro entre las manos, sollozando compulsivamente.

—La Orden de los Dominicos fue elegida justamente para evitar lo que estaba pasando. Los antiguos inquisidores podían ser corrompidos fácilmente con dinero. Pero nosotros siempre mendigamos y seguiremos mendigando. El dinero no nos seduce; por el contrario, al hacer esta oferta escandalosa, sólo está empeorando la situación.

El hombre me sujeta por los hombros.

—¡Tú eras como nuestro hijo! ¡Cuando tus padres murieron, nosotros te acogimos en nuestra casa, evitando que tu tío siguiera maltratándote!

"No se preocupe", susurro en sus oídos, temeroso de que el inquisidor me esté escuchando. "No se preocupe." Aun cuando me haya acogido sólo para que yo trabajara como un esclavo en sus propiedades. Aun cuando también él me hubiera golpeado e insultado cuando cometía algún error.

Yo me suelto y camino hacia la puerta. El inquisidor se voltea por última vez hacia la pareja:

—Un día, ustedes me agradecerán el haber salvado a su hija del castigo eterno.

—Quítenle la ropa. Que quede completamente desnuda.

El inquisidor está sentado a una mesa inmensa con una serie de sillas vacías a su lado.

Dos guardias avanzan, pero la muchacha hace una señal con la mano.

—No los necesito, puedo hacerlo sola. Sólo no me lastimen, por favor.

Lentamente, se quita la saya de terciopelo con bordados de oro, tan elegante como la que su madre vestía. Los 20 hombres en aquella sala fingen no darle importancia, pero sé lo que está pasando por sus cabezas. Lascivia, lujuria, codicia, perversión.

—La blusa.

Se quita la blusa que ayer debía haber sido blanca y que hoy está sucia y arrugada. Sus gestos parecen estudiados, demasiado lentos, pero sé lo que está pensando: "Él me va a salvar. Él va a detener esto ahora". Yo no digo nada, sólo pregunto a Dios en silencio si todo eso será cierto; comienzo a rezar compulsivamente el Padrenuestro, pidiendo que ilumine tanto a mi superior como a ella. Sé lo que pasa ahora por la mente de él: la denuncia no fue causada sólo por celos o venganza, sino también por la increíble belleza de aquella mujer. Ella es la imagen misma de Lucifer, el más hermoso y perverso ángel del Cielo.

Todos ahí conocen a su padre, saben que es poderoso y que puede causar daño a quien toque a su hija. Ella me mira, no desvío el rostro. Los otros están dispersos por la inmensa sala subterránea, ocultos en las sombras, temerosos de que ella pueda salir viva de ahí y denunciarlos. ¡Cobardes! Fueron convocados para servir a una causa mayor, están ayudando a purificar al mundo. ¿Por qué se esconden de una niña indefensa?

—Quítate el resto.

Ella continúa mirándome fijamente. Levanta las manos, deshace el lazo de la combinación azul que cubre su cuerpo y la deja caer lentamente al suelo. Me implora con los ojos que haga algo para evitar aquello, yo le respondo con un movimiento de cabeza que todo estará bien, que no se preocupe.

—Busca la marca de Satán —me ordena el inquisidor.

Yo me aproximo con la vela. Los pezones de sus pequeños senos están duros, no sé si de frío o de éxtasis involuntario, por estar desnuda delante de todos. La piel está erizada. Las altas ventanas de vidrios gruesos no dejan pasar mucha claridad, pero la poca luz que entra se refleja en su cuerpo inmaculadamente blanco. No necesito buscar mucho: cerca de su sexo que, en mis peores tentaciones, imaginé besar muchas veces, veo la marca de Satán oculta entre el vello púbico, en la parte superior izquierda. Aquello me asusta; tal vez el inquisidor esté en lo cierto: ahí está la prueba inconfundible de que ya tuvo relaciones con el demonio. Siento asco, tristeza y rabia al mismo tiempo.

Necesito estar seguro. Me arrodillo junto a su desnudez y verifico de nuevo la marca. La señal negra, en forma de cuarto creciente.

—Está ahí desde que nací.

Al igual que sus padres hicieran allá afuera, ella piensa que puede establecer un diálogo, convencer a todos los que están ahí de que es inocente. Estoy rezando desde que entré en aquella sala, pidiendo desesperadamente a Dios que me dé fuerzas. Un poco de dolor y todo habrá terminado en menos de media hora. Aun cuando esa señal sea una prueba inconfundible de sus crímenes, yo la amé antes de entregar mi cuerpo y mi alma al servicio de Dios, porque sabía que sus padres jamás permitirían que una noble se casara con un campesino.

Y ese amor es todavía más fuerte que mi capacidad de dominarlo. No quiero verla sufrir.

—Nunca invoqué al demonio. Tú me conoces y sabes también quiénes son mis amigas. Díselo a él —señala a mi superior—, dile que soy inocente.

El inquisidor habla con una sorprendente ternura, que sólo puede ser inspirada por la misericordia divina.

—Yo también conozco a tu familia. Pero la Iglesia sabe que el demonio no escoge a sus súbditos basándose en la clase social, sino en la capacidad de seducir con las palabras o con la falsa belleza. El mal sale por la boca del hombre, dijo Jesús. Si el mal estuviese ahí dentro, será exorcizado por los gritos y se transformará en la confesión que todos esperamos. Si el mal no estuviese ahí, resistirás el dolor.

—Tengo frío.

—No hables sin que él te dirija la palabra —respondo con suavidad, pero con firmeza—. Sólo mueve la cabeza en señal afirmativa o negativa. Tus otras cuatro amigas ya te contaron lo que ocurre, ¿no es cierto?

Ella hace una señal afirmativa.

—Ocupen sus lugares, señores.

Ahora los cobardes tendrán que mostrar sus rostros. Jueces, escribanos y nobles se sientan a la gran mesa que el inquisidor antes ocupara solo. Únicamente yo, los guardias y la muchacha permanecemos en pie.

Quisiera Dios que esa caterva no estuviese ahí. Si fuéramos sólo nosotros tres, sé que él se conmovería. Si la denuncia no hubiese sido hecha en público, lo que era algo muy raro, pues la mayoría de las personas temía el comentario de los vecinos o prefería el anonimato, tal vez nada de eso estaría ocurriendo. Pero quiso el destino que las cosas tomaran un rumbo diferente, y la Iglesia necesita de esa caterva, el proceso tiene que seguir su curso legal. Después de que fuimos acusados de excesos en el pasado, se decretó que todo debe quedar registrado en documentos civiles, perfectos. Así, en el futuro, todos sabrán que el poder eclesiástico actuó con dignidad y en legítima defensa de la fe. Las condenas eran dictadas por el Estado: los inquisidores sólo debían señalar al culpable.

—No te asustes. Acabo de hablar con tus padres y les prometí que haría todo lo posible para probar que jamás participaste en los rituales que te son atribuidos. Que no invocaste a los muertos, que no intentaste descubrir lo que hay en el futuro, que no trataste de visitar el pasado, que no adoras a la naturaleza, que los discípulos de Satanás jamás tocaron tu cuerpo, a pesar de la marca que está CLARAMENTE ahí.

—Ustedes saben que...

Todos los presentes, cuyas caras están ahora visibles para la acusada, se vuelven hacia el inquisidor con aire indignado, esperando una reacción justificadamente violenta. Pero él sólo se lleva las manos a los labios, pidiéndole a ella otra vez que respete al tribunal.

Mis plegarias están siendo escuchadas. Pido al Padre que le dé paciencia y tolerancia a mi superior, que no la envíe a la Rueda. Nadie resiste la Rueda, de manera que sólo aquellos de los cuales se tiene la certeza de culpa son sometidos a ella. Hasta ahora, ninguna de las cuatro muchachas que estuvieron ante el tribunal mereció el castigo extremo: ser amarrada en la parte externa del aro, sobre el cual son colocados clavos puntiagudos y brasas. Cuando uno de nosotros hace girar la Rueda, el cuerpo va siendo lentamente quemado, mientras los clavos laceran la carne.

—Traigan la cama.

Mis plegarias fueron escuchadas. Uno de los guardias grita una orden.

Ella intenta huir, aun sabiendo que es imposible. Corre de un lado a otro, se lanza a las paredes de piedra, va hacia la puerta, pero es empujada de regreso. A pesar del frío y de la humedad, su cuerpo está cubierto de sudor, que brilla con la poca luz que entra en la sala. No grita como las otras, sólo intenta escapar. Finalmente, los guardias consiguen sujetarla: en la confusión tocan deliberadamente sus senos pequeños, el sexo oculto por un gran mechón de cabellos.

Otros dos hombres entran cargando una cama de madera, hecha especialmente para el Santo Oficio en Holanda. Hoy se recomienda su uso en varios países. La colocan muy cerca de la mesa, sujetan a la muchacha que se debate en silencio, le abren las piernas, fijan los tobillos en dos anillos en uno de los extremos. Enseguida, empujan sus brazos hacia atrás y los amarran a las cuerdas atadas a una palanca.

—Yo manejaré la palanca —digo.

El inquisidor me mira. Normalmente eso debería ser ejecutado por uno de los soldados presentes. Pero sé que los bárbaros pueden romper sus músculos, y, en las cuatro ocasiones anteriores, él permitió que yo lo hiciera.

—Está bien.

Me encamino a uno de los extremos de la cama y pongo las manos en el pedazo de madera, gastado ya de tanto uso. Los hombres se inclinan hacia el frente. La joven desnuda, de piernas abiertas, amarrada a una cama es una visión que puede ser infernal y paradisiaca al mismo tiempo. El demonio me tienta, me provoca. Esta noche me flagelaré hasta que sea expulsado de mi cuerpo, y junto con él saldrá también el recuerdo de este momento en que deseé estar ahí, abrazado a ella, protegiéndola de las miradas y sonrisas de lujuria.

—¡Apártate en nombre de Jesús!

Le grité al demonio, pero empujé la palanca sin querer y su cuerpo se estiró. Ella sólo gimió cuando su columna se arqueó. Aflojo la presión, y ella vuelve a una posición normal.

Continúo rezando sin parar, implorando la misericordia de Dios. Pasando el límite del dolor, el espíritu se fortalece. Los deseos de la vida cotidiana pierden sentido, y el hombre se purifica. El sufrimiento viene del deseo, no del dolor.

Mi voz es calmada y consoladora.

—Tus amigas te contaron lo que es esto, ¿no es cierto? A medida que yo mueva esta palanca, tus brazos serán jalados hacia atrás, los hombros se saldrán de su lugar, la columna vertebral se desmembrará, la piel se romperá. No me obligues a ir hasta el final. Sólo confiesa, como hicieron tus amigas. Mi superior te dará la absolución de tus pecados, podrás volver a casa con sólo una penitencia, todo volverá a la normalidad. El Santo Oficio no pasa tan temprano por la ciudad.

Miro para un lado, verificando que el escribano está anotando bien mis palabras. Que todo quede registrado para el futuro.

—Yo confieso —dice ella—. Dime mis pecados, y confieso.

Toco la palanca con mucho cuidado, pero lo suficiente para que ella dé un grito de dolor. Por favor, no me dejes ir más adelante. Por favor, ayúdame y confiesa ya.

—No soy yo quien te dirá tus pecados. Aun cuando los conozca, necesito que tú misma los digas, porque el tribunal está presente.

Ella comienza a decir todo lo que esperábamos, sin que sea necesaria la tortura. Pero está escribiendo su sentencia de muerte, debo evitar eso. Empujo la palanca un poco más intentando silenciarla, pero ella continúa a pesar del dolor. Habla de premoniciones, de cosas que presiente que ocurrieron, de cómo la naturaleza les había revelado a ella y a sus amigas muchos secretos de medicina. Comienzo a presionar la palanca, desesperado, pero ella no para, intercalando sus palabras con gritos de dolor.

—Un momento —dice el inquisidor—. Escuchemos lo que ella tiene que decir, afloja la presión.

Y, volteándose hacia los otros:

—Todos aquí son testigos. La Iglesia pide la muerte en la hoguera también para esta pobre víctima del demonio.

¡No! Quisiera pedirle que se callara, pero todos me están mirando.

—El tribunal está de acuerdo —dice uno de los jueces presentes.

Ella escuchó aquello. Está perdida para siempre. Por primera vez desde que entró en esa sala, sus ojos se transforman, ganando una firmeza que sólo podría venir del Maligno.

—Yo confieso que cometí todos los pecados del mundo. Que tuve sueños donde los hombres venían a mi cama y besaban mi sexo. Uno de esos hombres eras tú, y confieso que te tenté en sueños. Confieso que me reuní con mis amigas para invocar al espíritu de los muertos, porque quería saber si un día me casaría con el hombre que siempre soñé con tener a mi lado.

Hace un movimiento con la cabeza en mi dirección.

—Ese hombre eras tú. Yo esperaba crecer un poco más y después intentar desviarte de la vida monástica. Confieso que escribí cartas y diarios que quemé, porque hablaban de la única persona, además de mis padres, que tuvo compasión conmigo y a quien yo amaba por eso. Esa persona eras tú.

Empujo la cuerda con más fuerza, y ella da un grito y se desmaya. El cuerpo blanco estaba cubierto de sudor. Los guardias iban a derramar agua fría en su rostro para que recuperara la conciencia y pudiéramos continuar extrayéndole la confesión, pero el inquisidor los detiene.

—No es necesario. Pienso que el tribunal ya escuchó lo que necesitaba escuchar. Pueden vestirla sólo con la ropa interior y llevarla de nuevo a la celda.

Ellos retiran el cuerpo inanimado, toman la camisola blanca que está en el suelo y se llevan a la muchacha lejos de nuestros ojos.

El inquisidor se voltea hacia los hombres de duro corazón que están ahí.

—Ahora, señores, espero por escrito una confirmación del veredicto. A no ser que alguien en este sitio tenga algo que decir a favor de la acusada. Si así fuese, reconsideraremos la acusación.

No sólo él, sino todos se voltean hacia mí. Unos pidiendo que no diga nada, otros que la salve porque, como ella dice, yo la conozco.

¿Por qué tuvo ella que decir aquellas palabras ahí? ¿Por qué traer de regreso cosas que fueron tan difíciles de superar cuando decidí servir a Dios y dejar atrás el mundo? ¿Por qué no permitió que la defendiera cuando podía salvar su vida? Si dijera cualquier cosa a su favor ahora, al día siguiente la ciudad entera estaría comentando que la salvé porque ella dijo que siempre me amó. Mi reputación y mi carrera estarían arruinadas para siempre.

—Estoy dispuesto a mostrar la benignidad de la Madre Iglesia, si una sola voz aquí se levanta en su defensa.

Pero no soy el único ahí que conoce a su familia. Algunos le deben favores, otros dinero, otros más están motivados por la envidia. Nadie abrirá la boca. Sólo quien no les debe nada.

—¿Doy por cerrado el procedimiento?

A pesar de ser más culto y devoto que yo, el inquisidor parece estar pidiendo mi ayuda. Sin embargo, ella les dijo a todos que me amaba.

"Di una sola palabra y mi siervo será salvado", le dijo el centurión a Jesús. Basta una sola palabra y mi sierva será salvada.

Mis labios no se mueven.

El inquisidor no lo demuestra, pero sé lo que siente por mí: desprecio. Se vuelve hacia el grupo.

—La Iglesia, representada aquí por éste su humilde defensor, espera la confirmación de la pena de muerte.

Los hombres se reúnen en un rincón, escucho al demonio gritando cada vez más alto en mis oídos, intentando confundirme, como ya hiciera antes ese mismo día. En ninguna de las cuatro muchachas dejé marcas que fueran irreversibles. He visto a algunos hermanos que llevan la palanca al extremo, los condenados mueren con todos los órganos destruidos, la sangre brotando por la boca, los cuerpos aumentados en más de 30 centímetros.

Los hombres vuelven con el papel firmado por todos. El veredicto es el mismo que para las otras cuatro que fueron interrogadas: muerte en la hoguera.

El inquisidor agradece a todos y sale sin dirigirme la palabra. Los hombres que administran la ley y la justicia se apartan también, algunos conversando ya sobre cualquier futilidad que está ocurriendo en los alrededores, otros con la cabeza baja. Me acerco a la chimenea, tomo algunas brasas y me las pongo debajo del hábito. Siento el olor a carne quemada, mis manos arden, mi cuerpo se contrae de dolor, pero no muevo un músculo.

—Señor —digo finalmente, cuando el dolor retrocede—. Que estas marcas de quemadura se queden para siempre en mi cuerpo, que jamás olvide quién fui el día de hoy.

Neutralizando la fuerza sin movimiento

U na mujer con algunos (mejor dicho, con muchos) kilos de más, excesivamente maquillada y vestida con un traje típico, interpreta canciones de la región. Espero que todos se estén divirtiendo, la fiesta es excelente, cada kilómetro de esta vía ferroviaria me pone más eufórico.

Hubo un momento, durante la tarde, en que la persona que yo era antes de comenzar el viaje resbaló por una crisis de depresión, pero después me recuperé; si Hilal me había perdonado, de ninguna manera debía culparme a mí mismo. No es fácil ni importante volver al pasado y reabrir las cicatrices que están ahí. La única justificación para eso es saber que ese conocimiento me ayudará a comprender mejor el presente.

Desde el final de la tarde de autógrafos estoy buscando las palabras exactas para conducir a Hilal hacia la verdad. Lo malo de las palabras es que nos dan la sensación de que podemos hacernos comprender y entender lo que otros están diciendo. Pero, cuando volteamos y quedamos cara a cara con nuestro destino, descubrimos que las palabras no bastan. ¡Cuántas personas conozco que son maestras para hablar, pero incapaces de vivir aquello que predican! Además, una cosa es describir una situación, y otra experimentarla. Por eso, hace mucho entendí que un guerrero en busca de un sueño se inspira en aquello que hace, y no en aquello que piensa hacer. De nada sirve contar a Hilal lo que vivimos juntos; las palabras para describir ese tipo de situación están muertas antes de salir de nuestra boca.

Vivir la experiencia de ese subterráneo, de la tortura y la muerte en la hoguera no ayudará en nada, por el contrario, le puede causar un terrible daño. Todavía nos faltan algunos días, descubriré la mejor manera de hacer que entienda nuestra relación, sin pasar necesariamente por todo ese sufrimiento otra vez.

Puedo elegir mantenerla en la ignorancia y no contarle nada. Pero presiento, sin tener ninguna razón lógica para ello, que la verdad también la liberará de muchas cosas que está experimentando en esta encarnación. No fue por casualidad que tomé la decisión de viajar cuando noté que mi vida no estaba fluyendo como un río en dirección al mar. Lo hice porque todo a mi alrededor estaba amenazando con estancarse. Tampoco fue por casualidad que ella comentó que estaba sintiendo lo mismo.

Por lo tanto, Dios necesita trabajar junto conmigo y mostrarme una forma de decir la verdad. Todas las personas en mi vagón experimentan cada día una nueva etapa en sus vidas. Mi editora parece más humana y menos a la defensiva. Yao, que en este momento fuma un cigarrillo a mi lado y mira la pista de baile, debe estar contento de mostrarme cosas que ya olvidé, y de esta manera recordar también todo lo que aprendió. Pasamos la mañana en otra academia que logró encontrar aquí en Irkutsk, practicamos juntos el Aikido y al final de la lucha me dijo:

—Debemos estar preparados para recibir los ataques del enemigo y ser capaces de mirar los ojos de la muerte, para que ella ilumine nuestro camino.

Ushiba tiene muchas frases que guían los pasos de quienes se dedican al Camino de la Paz. Sin embargo, Yao eligió una que tiene una relación directa con el momento que viví la noche anterior: mientras Hilal dormía en mis brazos, miré su muerte y ella iluminaba mi camino.

No sé si Yao tiene algún proceso para sumergirse en un mundo paralelo y seguir lo que está ocurriendo conmigo. Aunque sea la persona con quien más converso (Hilal habla cada vez menos, no obstante haber vivido con ella experiencias extraordinarias), todavía no lo conozco bien. Creo que de nada sirvió decirle que los seres queridos no desaparecen, sino que sólo pasan a una dimensión diferente. Él parece seguir con el pensamiento fijo en su mujer, y lo único que me resta hacer es recomendarle que busque a un excelente médium que vive en Londres. Ahí encontrará todas las respuestas que necesita, y todas las señales que confirman lo que le dije con respecto a la eternidad del tiempo.

Estoy seguro que todos tenemos una razón para estar aquí, en Irkutsk, después de que decidí, en un restaurante de Londres y sin pensarlo mucho, que era necesario cruzar Asia en tren. Las vivencias como ésta sólo ocurren cuando todas las personas ya se encontraron en algún lugar del pasado y caminan juntas hacia la libertad.

Hilal está bailando con un muchacho de su edad. Bebió un poco, manifiesta una alegría excesiva y, más de una vez en esta noche, me vino a decir que se arrepentía de no haber traído el violín. Es realmente una lástima. Las personas que están ahí merecían el encanto y el hechizo de la gran *spalla* de uno de los conservatorios de música más respetados de Rusia.

*   *   *

La cantante gorda sale del escenario, el conjunto continúa tocando y el público salta y grita el estribillo: "Kalashnikov! ¡Kalashnikov!"

Si la música de Goran Bregovic no fuese tan conocida, quien pasara por la calle tendría la certeza de que una banda de terroristas estaba conmemorando algo, pues ése es el nombre de los rifles de asalto AK-47, en homenaje a su creador, Mikhail Kalashnikov.

El muchacho y Hilal están muy cerca uno del otro, a un paso de darse un beso. Aun cuando no están próximos, sé que mis compañeros de viaje están preocupados por eso: quizás a mí no me esté gustando.

Pero lo estoy adorando.

Ojalá fuera verdad, que ella encontrara a alguien soltero que pudiera hacerla feliz, que no intentara interrumpir su brillante carrera, que fuera capaz de abrazarla en una puesta de sol y que no se olvidara de encender el fuego sagrado cuando ella necesitara ayuda. Ella se lo merece.

—Puedo curar esas marcas de tu cuerpo —dice Yao, mientras miramos bailar a las personas—. La medicina china tiene algunos remedios para eso.

No puede.

—No es tan grave. Aparecen y desaparecen cada vez con menos frecuencia. El eczema numular no tiene cura.

—En la cultura china, decimos que aparecen sólo en soldados que fueron quemados en una encarnación anterior, durante la batalla.

Sonrío. Yao me mira y sonríe a su vez. No sé si comprende lo que está diciendo. Ahí están las marcas que se quedaron para siempre conmigo, desde aquella mañana en el subterráneo. Cuando me vi como escritor francés de mediados del siglo XIX, noté en la mano que sujetaba la pluma el mismo tipo de eczema numular, cuyo nombre se deriva de la forma de las lesiones, semejante a pequeñas monedas romanas *(nummulus)*.

O semejante a la quemadura de brasas.

La música se detiene. Es la hora de salirnos para cenar. Me aproximo a Hilal e invito a su compañero de baile a que nos acompañe; será uno de los lectores elegidos esta noche. Hilal me mira con sorpresa.

—Ya invitaste a otros.

—Siempre hay lugar para uno más —digo.

—No siempre. Ni todo en esta vida es un largo tren con pasajes en venta para todos.

Aunque no me esté entendiendo bien, el muchacho comienza a desconfiar de que hay algo extraño en nuestra conversación. Dice que había prometido cenar con su familia. Yo decido jugar un poco.

—¿Ya leíste a Maiakovski? —pregunto.

—Ya no es obligatorio en las escuelas. Su poesía estaba al servicio del gobierno.

Él tenía razón. Aun así, yo amaba a Maiakovski cuando tenía su edad. Y conocía un poco de su vida.

Mis editores se acercan, con temor de que yo esté provocando una pelea por celos. Como en muchas situaciones de la vida, las cosas siempre parecen exactamente lo que no son.

—Se enamoró de la esposa de su editor, una bailarina —digo, en tono de provocación.— Un amor violento y fundamental para que su obra perdiera importancia política y ganara en humanidad. Escribía poemas y cambiaba los nombres. El editor sabía que él estaba hablando de su mujer, y aun así continuaba publicando sus libros. Ella amaba al marido y también amaba a Maiakovski. La solución que encontraron fue vivir los tres juntos, muy felices.

—¡Yo también amo a mi marido y te amo a ti! —bromea la mujer de mi editor—. ¡Ven a vivir a Rusia!

El muchacho entendió el mensaje.

—¿Ella es tu novia? —pregunta.

—He estado enamorado de ella por lo menos 500 años. Pero la respuesta es no: ella está libre como un pajarito. Una joven que tiene una brillante carrera ante sí, y que todavía no encontró a alguien que la trate con el amor y el respeto que merece.

—¿Qué tonterías estás diciendo? ¿Crees que necesito ayuda para atraer a un hombre?

El muchacho confirma que tiene una cena con su familia, agradece y se va. Los otros lectores invitados se acercan y salimos a pie hacia el restaurante.

—Permítame comentar una cosa —dice Yao mientras cruzamos la calle—. Actuaste equivocadamente con ella, con el muchacho y contigo mismo. Con ella, porque no respetaste el amor que siente por ti. Con el muchacho, porque es tu lector y se sintió manipulado. Y contigo mismo, porque estabas motivado sólo por el orgullo de querer demostrar que eres más importante. Si fueran celos, estarías disculpado, pero no lo fueron. Todo lo que quisiste fue mostrar a tus amigos y a mí que no le das el menor valor a nada, o que no es verdad.

Yo concuerdo con un movimiento de cabeza. El progreso espiritual no siempre viene acompañado de la sabiduría humana.

—Y sólo para completar —continúa Yao—. Maiakovski fue una lectura obligada para mí. Por lo tanto, todos sabemos que ese estilo de vida no dio resultado: él se suicidó de un tiro en la cabeza antes de cumplir los 40 años.

* * *

Ya estamos a cinco horas de diferencia de horarios en relación con el punto de partida. En el momento en que comenzamos a cenar en Irkutsk, la gente está terminando de almorzar en Moscú. Tal vez a esta altura nos hemos acostumbrado a nuestro pequeño mundo alrededor de la mesa que viaja en dirección a un punto definido, y cada parada significa salir de nuestro camino.

Hilal está de pésimo humor después de lo que ocurrió durante la fiesta. Mi editor no suelta su celular, discutiendo furioso con alguien al otro lado de la línea; Yao me tranquiliza diciendo que están hablando sobre distribución de libros. Los tres lectores invitados parecen más tímidos que de costumbre.

Pedimos que traigan bebidas. Uno de los lectores nos recomienda cautela, eso es una mezcla de vodka de Mongolia y de Siberia, y al día siguiente tendremos que aguantar las consecuencias. Pero todos necesitan beber para aliviar la tensión. Tomamos el primer vaso, y el segundo, y antes de que traigan la comida ya pedimos otra botella. Finalmente, el lector que nos alertó sobre el vodka dice que no quiere ser el único sobrio y se bebe tres dosis seguidas, mientras que todos le aplaudimos. Se instala la alegría, excepto por Hilal, que sigue con el rostro cerrado a pesar de beber al parejo con el resto del grupo.

—Droga de ciudad —dice el lector que era abstemio hasta hace dos minutos y que ahora tiene los ojos rojos—. Ustedes vieron la calle que está frente al restaurante.

Noté una serie de casas de madera lindamente talladas, lo que es algo rarísimo de encontrar hoy en día. Un museo arquitectónico al aire libre.

—No estoy hablando de las casas, estoy hablando de la calle.

Realmente, el pavimento no era de los mejores. Y en algunos lugares percibí el mal olor de la cloaca al aire libre.

—La mafia controla esta parte de la ciudad —continúa él—. Quieren comprar y derrumbar todo para construir sus horrendos conjuntos habitacionales. Como hasta ahora las personas no han aceptado vender sus terrenos y casas, ellos no permiten que urbanicen el barrio. Esta ciudad existe hace 400 años, recibió con los brazos abiertos a los extranjeros que negociaban con China, era respetada por los comerciantes de diamantes, oro, pieles, pero ahora la mafia intenta instalarse aquí y acabar con eso, aunque el gobierno esté luchando contra la...

"Mafia" es una palabra universal. El editor está ocupado con su interminable telefonema, la editora pide el menú, Hilal finge estar en otro planeta, pero Yao y yo notamos que un grupo de hombres sentados en la mesa de al lado comienza a prestar atención a nuestra conversación.

Paranoia. Pura paranoia.

El lector continúa bebiendo y protestando sin parar. Sus dos amigos están de acuerdo con todo. Hablan mal del gobierno, del estado de las carreteras, de la pésima manutención del aeropuerto. Nada que alguno de nosotros no diría de nuestras propias ciudades, sólo que ellos repiten la palabra "mafia" con cada queja que hacen. Yo intento cambiar de tema, pregunto sobre los chamanes de la región (Yao se alegra, vio que no lo olvidé, aun cuando no haya confirmado nada), y los muchachos hablan de la "mafia de los chamanes", la "mafia de los guías turísticos". A estas alturas, ya trajeron una tercera botella de vodka mongol-siberiano, todos están exaltados discutiendo de política; en inglés, para que yo pueda entender lo que dicen, o para evitar que las mesas vecinas se enteren de la conversación. El editor termina la llamada telefónica y se mete en la discusión, la editora se entusiasma, Hilal bebe un vaso tras otro. Sólo Yao mantiene la sobriedad, la mirada aparentemente perdida, intentando disfrazar su preocupación. Me detengo en mi tercer vaso y no tengo la menor intención de continuar.

Y lo que parecía paranoia se transforma en realidad. Uno de los hombres de la otra mesa se levanta y viene hacia nosotros.

No dice nada. Sólo observa a los muchachos que invitamos a cenar y en ese momento la conversación se detiene. Todos parecen sorprendidos con su presencia. Mi editor, ya un poco tocado por la bebida y por los problemas en Moscú, pregunta algo en ruso.

—No, no soy su padre —responde el desconocido—. Pero no sé si tiene edad para estar bebiendo de ese modo. Y diciendo cosas que no son verdad.

Su inglés es perfecto, con el acento afectado de quien estudió en una de las carísimas escuelas de Inglaterra. Las palabras fueron pronunciadas en un tono de voz frío, sin la menor emoción o agresividad.

Sólo un tonto amenaza. Sólo otro tonto se siente amenazado. Cuando las cosas se dicen de la manera que acabamos de escuchar, significan peligro; porque los verbos, sujetos y predicados se transformarán en acción si fuera necesario.

—Ustedes eligieron el restaurante equivocado —continúa—. Aquí la comida es mala y el servicio pésimo. Tal vez sea mejor que busquen otro lugar. Yo pago la cuenta.

De hecho, la comida no es buena, la bebida debe ser exactamente como explicó el muchacho y el servicio no podía ser peor. Pero en este caso no estamos ante alguien preocupado por nuestra salud o bienestar; estamos siendo expulsados.

—Vámonos ya —dice el muchacho.

Antes de que podamos hacer algo, él y sus amigos desaparecen de la vista. El hombre parece satisfecho y da media vuelta para regresar al lugar donde estaba antes. Por una fracción de segundo, la tensión desaparece.

—Pues a mí me gusta mucho la comida y no tengo la menor intención de cambiar de restaurante.

Yao habló también con una voz exenta de emoción o amenaza. No necesitaba haber dicho aquello, el conflicto ya había terminado, el problema era sólo con los muchachos; podíamos terminar de comer en paz. El hombre se voltea para encararlo. Otro hombre en la mesa toma su celular y sale. El restaurante queda en silencio.

Yao y el desconocido se miran fijamente a los ojos.

—La comida de aquí puede provocar una intoxicación y matar rápido.

Yao no se levanta de la silla.

—Según las estadísticas, en estos tres minutos en que estamos hablando acaban de morir 320 personas en el mundo, y nacieron otras 650. Es la vida, el mundo. No sé cuántas murieron intoxicadas, pero seguramente fueron algunas. Otras murieron después de una larga enfermedad, algunas sufrieron un accidente, y con toda seguridad hay un porcentaje al que le acaban de dar un tiro y otro que dejó esta tierra porque dio a luz a un bebé, parte de las estadísticas del nacimiento. Sólo muere quien está vivo.

El hombre que salió con el celular vuelve a entrar. El que está delante de nuestra mesa no deja transparentar ninguna emoción. Durante lo que parece una eternidad, el restaurante entero permanece en silencio.

—Un minuto —dice finalmente el extranjero—. Deben haber muerto otras 100 personas, y nacieron unas 200.

—Exactamente.

Otros dos hombres aparecen en la puerta del restaurante y se encaminan a nuestra mesa. El desconocido percibe el movimiento, hace una señal con la cabeza y ellos vuelven a salir.

—Aunque la comida sea pésima y el servicio de quinta categoría, si éste fue el restaurante que eligieron, no puedo hacer nada. Buen provecho.

—Gracias. Pero ya que ofreció pagar la cuenta, aceptamos con placer.

—No se preocupe por eso —se dirige sólo a Yao, como si nadie más estuviera ahí. Se lleva la mano al bolsillo; todos nos imaginamos que de ahí saldría una pistola, pero solamente saca una inofensiva tarjeta de presentación.

—Si algún día estuviera desempleado o cansado de lo que hace ahora, llámenos. Nuestra compañía inmobiliaria tiene una gran filial aquí en Rusia, y necesitamos gente como usted. Gente que entiende que la muerte es sólo una estadística.

Extiende la tarjeta, ambos se dan la mano y el extraño vuelve a su lugar. Poco a poco, el restaurante vuelve a cobrar vida, las conversaciones animan el ambiente y miramos deslumbrados a Yao, nuestro héroe, el que venció al enemigo sin disparar ni una sola bala. Hilal perdió su mal humor y ahora intenta seguir una conversación completamente absurda, en la que todos parecen interesadísimos en la disección de los pájaros y en la calidad del vodka mongol-siberiano. La adrenalina provocada por el miedo nos puso sobrios de un momento a otro.

Debo aprovechar esa oportunidad. Después le preguntaré a Yao por qué estaba tan seguro de sí.

—Estoy impresionado con la fe del pueblo ruso. El comunismo, que predicó durante 70 años que la religión es el opio del pueblo, no logró nada.

—Marx no entendía nada de las maravillas del opio —dice la editora.

Todo el mundo se ríe. Yo continúo:

—Lo mismo pasó con la Iglesia a la que pertenezco. Matamos en nombre de Dios, torturamos en nombre de Jesús, decidimos que la mujer era una amenaza para la sociedad, y suprimimos todas las manifestaciones de los dones femeninos, practicamos la usura, asesinamos a inocentes e hicimos alianzas con el diablo. Incluso así, seguimos estando aquí dos mil años después.

—Odio las iglesias —dice Hilal, mordiendo el anzuelo—. Si hubo un momento en este viaje que realmente detesté, fue cuando me obligaste a ir a una iglesia en Novosibirsk.

—Imaginemos que tú crees en las vidas pasadas y que, en una de tus existencias anteriores, hubieses sido quemada por la Inquisición en nombre de la fe que el Vaticano intentaba imponer. ¿Las odiarías más por eso?

Ella no piensa mucho antes de responder.

—No. Seguiría siendo indiferente para mí. Yao no odió al hombre que vino a nuestra mesa; sólo se dispuso a pelear por un principio.

—Pero digamos que tú fueras inocente.

El editor interrumpe. Posiblemente también debe haber publicado un libro al respecto...

—Estoy recordando a Giordano Bruno. Respetado como un doctor de la Iglesia, quemado vivo en el centro de Roma. Durante el juicio, le dijo al tribunal algo como: "No temo a la hoguera. Pero ustedes temen su propio veredicto". Hoy hay una estatua de él en el lugar donde fue asesinado por sus "aliados". Él venció, porque quienes lo juzgaron fueron los hombres, y no Jesús.

—Estás tratando de justificar una injusticia y un crimen —dice la editora.

—De ningún modo. Los asesinos desaparecieron del mapa, pero Giordano Bruno todavía influye al mundo con sus ideas. Su valor fue recompensado. Una vida sin causa es una vida sin efectos.

Parece que la conversación está siendo guiada.

—En caso de que fueras Giordano Bruno —ahora miro directamente a Hilal—, ¿serías capaz de perdonar a tus verdugos?

—¿A dónde quieres llegar?

—Pertenezco a una religión que cometió muchos horrores en el pasado. Ahí es donde quiero llegar porque, a pesar de todo, todavía amo a Jesús, más fuerte que el odio que siento por quienes se denominaron sus sucesores. Y sigo creyendo en el misterio de la transmutación del pan y del vino.

—Es tu problema. Quiero estar lejos de iglesias, curas y sacramentos. Me basta la música y la contemplación silenciosa de la naturaleza. ¿Pero lo que dices ahora tiene alguna relación con lo que viste cuando… —ella busca las palabras—: … comentaste que harías un ejercicio con un anillo de luz?

No mencionó que estábamos juntos en la cama. A pesar de su fuerte temperamento y de sus palabras irreflexivas, noto que procura protegerme.

—No lo sé. Como dije en el tren, todo lo que se está desarrollando en el pasado y en el futuro también está sucediendo en el presente. Quién sabe si nos encontramos porque yo fui tu verdugo, tú fuiste mi víctima y es mi hora de pedir tu absolución.

Todo el mundo ríe, y yo con ellos.

—Entonces trátame mejor. Préstame más atención, y dime aquí, frente a todo el mundo, una frase de tres palabras que me gustaría escuchar.

Sé que está pensando "Yo te amo".

—Diré tres frases de tres palabras: 1) Tú estás protegida. 2) No te preocupes. 3) Yo te adoro.

—Yo también quiero decir una cosa: sólo puede decir "yo te perdono", quien logra decir "yo te amo".

Todos aplauden. Volvemos al vodka mongol-siberiano, hablamos de amor, de persecución, de crímenes en nombre de la verdad, de la comida del restaurante. La conversación ya no avanzará más, ella no entiende de qué estoy hablando; pero el primer paso, el más difícil, ha sido dado.

*   *   *

A la salida, pregunto a Yao por qué decidió actuar de esa manera, poniendo a todo el mundo en riesgo.

—¿Pasó algo?

—Nada. Pero pudo haber pasado. Las personas como él no están acostumbradas a que les falten el respeto.

—Ya fui expulsado de otros lugares cuando era más joven, y me prometí a mí mismo que eso jamás volvería a ocurrir cuando fuera adulto. Y no le falté al respeto, sólo lo enfrenté como a él le gustaría ser enfrentado. Los ojos no mienten; él sabía que yo no estaba blofeando.

—Aún así, lo desafiaste. Estamos en una ciudad pequeña, y él podría haber sentido que su poder estaba en juego.

—Cuando partimos de Novosibirsk, comentaste sobre ese tal Aleph. Sólo algunos días atrás me di cuenta de que los chinos también tienen una palabra para eso: *ki*. Tanto él como yo estábamos en el mismo centro de energía. Sin querer filosofar sobre lo que podría ocurrir, toda persona acostumbrada al peligro sabe que, en cada momento de su vida, puede ser confrontada por un oponente. No digo enemigo, sino oponente. Cuando los oponentes están seguros de su poder, como era el caso de aquel hombre, necesitamos esa confrontación, o podemos debilitarnos por la ausencia de ejercicio. Saber apreciar y honrar a nuestros oponentes es una actitud totalmente distinta de la de los aduladores, de los débiles y los traidores.

—Pero tú sabes que él era…

—No importa lo que él era, sino cómo manejaba su fuerza. Me gustó su estilo de lucha, y a él le gustó el mío. Sólo eso.

La rosa dorada

T engo un insoportable dolor de cabeza a causa del vodka mongol-siberiano, a pesar de todos los comprimidos y antiácidos que tomé. El viento es cortante, aun cuando el día está claro y no hay nubes en el cielo. Los bloques de hielo se confunden con la grava de los márgenes, no obstante que es primavera. El frío es insoportable, independientemente de toda la ropa que llevo en el cuerpo.

Y un único pensamiento: "¡Dios mío, estoy en casa!"

Un lago donde casi no puedo avistar la otra orilla, agua transparente, las montañas nevadas al fondo, un barco de pescadores que está saliendo ahora y que debe volver al atardecer. Quiero estar ahí, completamente presente, porque no sé si regresaré algún día. Respiro profundamente varias veces, procurando incorporar todo aquello en mi interior.

—Una de las visiones más hermosas que tuve en mi vida.

Yao se envalentona con mi comentario y decide darme más datos técnicos. Explica que el lago Baikal, llamado "Mar del Norte" en los antiguos textos chinos, concentra el 20% de toda el agua dulce del planeta y tiene 25 millones de años, pero nada de eso me interesa.

—No me distraigas, quiero atraer todo este paisaje hacia dentro de mi alma.

—Muy grande. ¿Por qué no haces lo contrario: sumergirte y unirte al alma del lago?

O sea, provocar un choque térmico y morir congelado en Siberia. Pero finalmente él logró sacarme de mi concentración, la cabeza está pesada, el viento insoportable, y decidimos irnos de inmediato al sitio donde debemos pasar la noche.

—Gracias por haber venido. No te arrepentirás.

Vamos a la posada en el pueblecito con calles de tierra y casas semejantes a las que había visto en Irkutsk. Hay un pozo frente a la puerta. Ante el pozo, una niña que trata de sacar un balde de agua. Hilal se aproxima para ayudarla pero, en vez de jalar la cuerda, pone a la niña peligrosamente en el borde.

—Dice el *I Ching*: "Puedes mover una ciudad, pero no un pozo". Digo que puedes mover el balde, pero no a la niña. Ten cuidado.

La madre de la criatura se acerca y discute con Hilal. Las dejo a ambas, entro y me dirijo a mi cuarto.

Yao no quería, de ninguna manera, que Hilal viniese. El lugar donde vamos a encontrar al chamán no permite la entrada a las mujeres. Le expliqué que esa visita no me interesaba mucho. Yo conocía la Tradición, esparcida por los cuatro puntos de la Tierra, y ya me había encontrado con varios chamanes en mi país. Había aceptado ir ahí sólo porque Yao me había ayudado y me había enseñado muchas cosas durante el viaje.

—Necesito pasar cada segundo que pueda al lado de Hilal —le dije cuando todavía estábamos en Irkutsk—. Sé lo que estoy haciendo. Estoy caminando de regreso a mi reino. Si ella no me ayuda ahora, sólo tendré tres oportunidades más en esta "vida".

Aunque no entendió bien lo que yo quería decir, él terminó cediendo.

Pongo la mochila en un rincón, enciendo la calefacción al máximo, cierro las cortinas y me tiro en la cama, rogando que el dolor de cabeza se vaya ya. Hilal entra enseguida.

—Me dejaste allá afuera hablando con aquella mujer. Sabes que detesto a los extraños.

—No somos extraños aquí.

—Detesto estar siendo juzgada todo el tiempo, aunque esconda mi miedo, mis emociones, mis vulnerabilidades. Tú me ves como a una muchacha talentosa, valiente, que no se deja intimidar por nada. ¡Estás equivocado! Me dejo intimidar por todo. Evito las miradas, las sonrisas, los contactos más directos, sólo he conversado contigo. ¿O no has reparado en eso?

Lago Baikal, montañas nevadas, agua límpida, uno de los lugares más bellos del planeta, y esa discusión idiota.

—Vamos a descansar un poco. Después saldremos a dar una caminata. Por la noche iré a encontrarme con el chamán.

Ella hace el intento de soltar su mochila.

—Tú tienes tu cuarto.

—Pero en el tren…

No termina la frase. Azota la puerta. Me quedo ahí, mirando al techo, preguntándome a mí mismo qué hacer en ese momento. No puedo dejarme guiar por la culpa. No puedo y no quiero, porque amo a otra mujer que en este momento está lejos, confiada, a pesar de conocer bien a su marido. Si todos los intentos anteriores fueron inútiles, tal vez éste sea el lugar ideal para dejar eso bien claro a esa muchacha obsesiva y flexible, fuerte y frágil.

No tengo la culpa de lo que está ocurriendo. Tampoco Hilal. La vida nos puso en esta situación, y espero que sea para nuestro bien. ¿Espero? Necesito tener la certeza. Tengo la certeza. Comienzo a rezar y me duermo enseguida.

Cuando despierto, voy a su cuarto y escucho la música de violín. Espero que termine antes de tocar a la puerta.

—Vamos a dar un paseo.

Ella me mira, entre sorprendida y feliz.

—¿Estás mejor? ¿Puedes soportar el viento y el frío?

—Sí, estoy mucho mejor. Salgamos.

Caminamos por el empedrado, que parece salido de un cuento de hadas. Un día los turistas llegarán aquí, se construirán hoteles inmensos, las tiendas venderán camisetas, encendedores, tarjetas postales, imitaciones de las casas de madera. Enseguida harán gigantescos estacionamientos para los autobuses de dos pisos que vomitarán personas con máquinas fotográficas digitales, decididas a capturar el lago entero en un chip. El pozo que vimos será destruido y sustituido por otro, que servirá para adornar la calle, pero que ya no dará agua para sus habitantes: estará cerrado por órdenes de la municipalidad, para evitar el riesgo de que los niños extranjeros se caigan por el borde. El barco de pesca que vi aquella mañana ya no existirá más. Las aguas del Baikal serán surcadas por yates modernos que ofrecerán cruceros de un día hasta el centro del lago, almuerzo incluido. Los pescadores y cazadores profesionales vendrán a la región, provistos de licencias para ejercer sus actividades, por las cuales pagarán por día el equivalente a lo que los cazadores y pescadores del lugar ganan en un año.

Pero por el momento es sólo una ciudad perdida en Siberia, donde un hombre y una mujer con la mitad de su edad caminan cerca de un río creado por el deshielo. Se sientan en sus márgenes.

—¿Recuerdas nuestra conversación de ayer en la noche en el restaurante?

—Más o menos. Bebí mucho. Recuerdo que Yao no se dejó acobardar cuando aquel inglés vino a nuestra mesa.

—Hablé del pasado.

—Me acuerdo. Entendí perfectamente lo que estabas diciendo, porque en ese segundo que estuvimos en el Aleph, te vi con ojos de amor e indiferencia, la cabeza cubierta por una capucha. Me sentía traicionada, humillada. Pero las relaciones de vidas pasadas no me interesan. Estamos aquí, en el presente.

—¿Ves ese río que está ante nosotros? Pues en la sala de mi departamento existe un cuadro con una rosa colocada en un río semejante. La mitad de la pintura estuvo expuesta a las aguas y a las intemperies, así que sus bordes son irregulares; incluso así, todavía puedo ver parte de la bella rosa roja, pintada sobre un fondo dorado. Conozco a la artista. En 2003, fuimos juntos a un bosque en los Pirineos, descubrimos un riachuelo que en ese momento estaba seco y escondimos el lienzo debajo de las piedras que cubrían su lecho.

"Ella es mi mujer. En este momento, está físicamente a miles de kilómetros de distancia, durmiendo porque todavía no amanece en su ciudad, aunque aquí ya sean las cuatro de la tarde. Estamos juntos hace más de un cuarto de siglo: cuando la conocí, tuve la absoluta certeza de que nuestra relación no daría resultado. Durante los dos primeros años, yo siempre estaba preparado para que uno de los dos se fuera. En los cinco años que siguieron, seguí pensando que simplemente nos habíamos acostumbrado uno al otro, pero que luego nos daríamos cuenta de eso, y cada uno seguiría su destino. Me había convencido a mí mismo que cualquier compromiso más serio me privaría de 'libertad' y me impediría vivir todo aquello que deseaba."

Noto que la chica a mi lado comienza a sentirse incómoda.

—¿Y eso qué tiene que ver con el río y la rosa?

—Estábamos en el verano de 2002, yo ya era un escritor conocido, tenía dinero y pensaba que mis valores básicos no habían cambiado. ¿Pero cómo tener la absoluta seguridad? Probando. Alquilamos un pequeño cuarto en un hotel de dos estrellas en Francia, donde comenzamos a pasar cinco meses por año. El armario no podía crecer, así que limitamos nuestro guardarropa a lo esencial. Recorríamos los bosques y montañas, cenábamos fuera, nos quedábamos horas conversando, íbamos al cine todos los días. Vivir en esas condiciones nos confirmó que las cosas más sofisticadas del mundo son justamente aquellas que están al alcance de todos.

"Ambos estamos enamorados de lo que hacemos. Todo lo que necesito para mi trabajo es una computadora portátil. Sucede que mi mujer es… pintora. Y los pintores necesitan de gigantescos talleres para producir y guardar sus trabajos. De ninguna manera quería que sacrificara por mí su vocación, así que me propuso alquilar un local. Sin embargo, mirando a su alrededor, viendo las montañas, los valles, los ríos, los lagos, los bosques, ella pensó: ¿por qué no almaceno eso aquí? ¿Y por qué no permito que la naturaleza trabaje conmigo?"

Hilal no aparta los ojos del río.

—De ahí nació la idea de "guardar" las pinturas al aire libre. Yo llevaba la laptop y me ponía a escribir. Ella se arrodillaba en la hierba y pintaba. Un año después, cuando retiramos las primeras telas, el resultado era original y magnífico. El primer cuadro que retiró fue la rosa. Hoy, aunque tenemos una casa en los Pirineos, ella sigue enterrando y desenterrando sus lienzos por el mundo. Lo que nació de una necesidad se convirtió en una forma de crear. Miro el río, me acuerdo de la rosa y siento un amor casi palpable, físico, como si ella estuviera aquí.

El viento ya no está tan fuerte como antes, y por eso el sol logra calentar un poco. A nuestro alrededor, la luz no podía ser más perfecta.

—Lo entiendo y lo respeto —dice ella—. Pero tú dijiste una frase en el restaurante, cuando estabas hablando del pasado: el amor es más fuerte. El amor es superior a una persona.

—Sí. Pero el amor está hecho de decisiones.

—En Novosibirsk me hiciste concederte un perdón, y yo te lo concedí. Ahora yo te pido: dime que me amas.

Tomo su mano. Estamos mirando juntos el río.

—La ausencia de respuesta también es una respuesta —dice ella.

La abrazo y pongo su cabeza en mi hombro.

—Yo te amo. Yo te amo porque todos los amores del mundo son como ríos diferentes corriendo hacia un mismo lago, y ahí se encuentran y se transforman en un amor único que se vuelve lluvia y bendice la tierra.

”Yo te amo como un río, que crea las condiciones para que la vegetación y las flores crezcan por donde pasa. Te amo como un río, que da de beber a quien tiene sed y transporta a las personas adonde quieren llegar.

”Yo te amo como un río, que entiende que necesita correr diferente en una cascada y aprender a reposar en una depresión del terreno. Te amo porque todos nacemos en el mismo lugar, en la misma fuente, que sigue alimentándonos siempre con más agua. Así, cuando estamos débiles todo lo que tenemos que hacer es aguardar un poco. Cuando vuelve la primavera, las nieves del invierno se derriten y volvemos a llenarnos de nueva energía.

”Yo te amo como un río que comienza solitario y débil en una montaña, y poco a poco va creciendo y uniéndose a otros ríos que se acercan hasta que, a partir de determinado momento, puede superar cualquier obstáculo para llegar adonde desea.

”Entonces, yo recibo tu amor y te entrego mi amor. No el amor de un hombre por una mujer, no el amor de un padre por una hija, no el amor de Dios por sus criaturas. Sino un amor sin nombre, sin explicación, como un río que no puede explicar su curso, sólo sigue adelante. Un amor que no pide y que no da nada a cambio, sólo se manifiesta. Yo nunca seré tuyo, tú nunca serás mía, pero aun así puedo decir: te amo, te amo, te amo."

Debe haber sido la tarde, debe haber sido la luz, pero en ese momento el Universo parecía entrar finalmente en armonía. Nos quedamos ahí sentados, sin los menores deseos de volver al hotel, donde Yao ya debía estar esperándome.

El águila de Baikal

E n cualquier momento oscurecerá. Somos seis las personas que estamos ante una pequeña lancha anclada en la orilla: Hilal, Yao, el chamán, dos mujeres mayores y yo. Todos hablan en ruso. El chamán hace señales negativas con la cabeza. Yao parece insistir, pero el chamán le da la espalda y se dirige al bote.

Ahora, Yao y Hilal discuten. Él parece preocupado, pero creo que se está divirtiendo con la situación. Ya hemos practicado más de una vez el Camino de la Paz y logro entender las señales de su cuerpo. Él está fingiendo una irritación que no siente.

—¿De qué hablan?

—No puedo ir —dice ella—. Tengo que quedarme con esas dos mujeres a las que nunca he visto en mi vida. Soportar aquí toda la noche, en este frío. No hay nadie que me lleve de regreso al hotel.

—Lo que haremos en la isla lo experimentarás tú también aquí con ellas —explica Yao—. Pero no podemos romper una tradición. Yo avisé antes, pero él insistió en traerte. Tenemos que irnos pronto porque existe·un momento adecuado: lo que ustedes llaman Aleph, yo lo llamo *ki* y los chamanes seguramente lo conocerán por algún otro nombre. No tardaremos, estaremos de regreso en dos horas.

—Vamos —digo, tomando a Yao del brazo y conduciéndolo a la lancha.

Me vuelvo hacia Hilal con una sonrisa en el rostro:

—No te quedarías encerrada en ese hotel por nada del mundo, sabiendo que puedes experimentar algo completamente nuevo. No sé si será bueno o malo. Pero es distinto a cenar sola.

—¿Y tú, acaso, piensas que unas bellas palabras de amor son suficientes para alimentar el corazón? Entiendo perfectamente que amas a tu mujer, ¿pero serás capaz de retribuir por lo menos un poco de tantos universos que estoy poniendo a tu puerta?

Me doy media vuelta y me encamino al bote. Otra vez una discusión idiota.

*   *   *

El chamán encendió el motor y tomó el timón. Vamos en dirección a lo que parece ser una roca a unos 200 metros de la orilla. Calculo que llegaremos en menos de 10 minutos.

—Ahora que ya no hay marcha atrás, ¿por qué insististe tanto en que yo lo conociera? Ha sido lo único que me has pedido en este viaje, a pesar de que me has dado mucho a cambio. No sólo por las luchas de aikido. Siempre que fue necesario me ayudaste a mantener el equilibrio en el tren, tradujiste mis palabras como si fuesen tuyas y todavía ayer me mostraste la importancia de entrar en un combate sólo por respeto al adversario.

Yao está un poco incómodo, moviendo la cabeza de un lado al otro, como si fuese responsable por la seguridad de la pequeña lancha.

—Creí que te gustaría conocerlo debido a tus intereses…

—No es una buena respuesta. Si hubiera querido conocerlo, te lo había pedido.

Finalmente él me mira, moviendo afirmativamente la cabeza.

—Te llamé porque hice una promesa de volver aquí en mi próximo viaje por la región. Podría haber venido solo, pero firmé un contrato con la editora de que estaría todo el tiempo a tu lado. A ellos no les hubiese gustado.

—A veces no es necesario que estés todo el tiempo a mi lado. Y ellos tampoco se hubiesen molestado porque me quedara en Irkutsk.

La noche está cayendo más rápido de lo que imaginaba. Yao cambia el rumbo de la conversación:

—Este hombre que está conduciendo la lancha es capaz de hablar con mi mujer. Sé que no es mentira, porque ninguna otra persona en el mundo podría saber ciertas cosas. Además, él salvó a mi hija. Logró lo que ningún médico de los excelentes hospitales de Moscú, Pekín, Shangai y Londres fue capaz de hacer. Y no pidió nada a cambio, sólo que lo visitara de nuevo. Y sucede que esta vez estoy contigo. Tal vez consiga entender cosas que mi cerebro se rehúsa a aceptar.

La roca al centro del lago se aproxima; debemos llegar en menos de un minuto.

—Ésa es una respuesta. Gracias por la confianza. Estoy en uno de los lugares más bellos del mundo, en este atardecer esplendoroso, escuchando el sonido de las olas golpeando la lancha. Por lo tanto, venir a encontrarme con ese hombre es una de las muchas bendiciones que me han sucedido durante todo este viaje.

Excepto por el día en que habló de su dolor por la pérdida de su mujer, Yao jamás había demostrado ningún sentimiento. Ahora toma mi mano, la pone sobre su pecho y la aprieta con fuerza. El bote encalla en una pequeña faja de grava que hace las veces de atracadero.

—Gracias. Muchas gracias.

* * *

Subimos hasta la cima de la roca. Todavía puedo ver el rojo horizonte. A nuestro alrededor sólo existe vegetación rastrera y, al este, hay unos tres o cuatro árboles que todavía no dejaron brotar sus hojas. En uno de ellos hay restos de ofrendas y el esqueleto de un animal balaceándose en una rama. El anciano chamán inspira respeto y sabiduría; no me mostrará nada nuevo, porque ya recorrí muchos caminos y sé que todos se encuentran en el mismo lugar. Incluso así, veo que es serio en sus intenciones. Mientras prepara el ritual, mi mente procura recordar todo lo que aprendí sobre su papel en la historia de la civilización.

* * *

En tiempos antiguos, las tribus tenían dos figuras predominantes. La primera era el líder: el más valiente, fuerte y suficiente para derrotar a otros hombres que lo desafiaban, lo bastante inteligente para escapar a las conspiraciones en la eterna lucha de poder, que no sólo se da hoy, sino que nació en la noche de los tiempos. Una vez establecido en su cargo, era responsable por la protección y el bienestar de su pueblo en el mundo físico. Con el transcurso del tiempo, lo que fue una selección natural terminó por corromperse, y la figura del líder pasó a ser transmitida hereditariamente. Es el principio de la perpetuación del poder, de donde surgen los emperadores, los reyes, los dictadores.

Sin embargo, más importante que el líder era el chamán. Ya en los albores de la humanidad los hombres percibían la presencia de una fuerza superior, la razón para vivir y morir, sin que pudieran explicar muy bien de dónde venía. Junto con el nacimiento del amor, surge la necesidad de una respuesta al misterio de la existencia. Los primeros chamanes fueron mujeres, fuente de vida; como no estaban ocupadas con la caza o la pesca, se dedicaban a la contemplación y acabaron sumergiéndose en los misterios sagrados. La Tradición era transmitida a las más capaces, que vivían aisladas y por eso eran vírgenes en su mayoría. Trabajaban en un plano diferente, equilibrando las fuerzas del mundo espiritual con las del mundo físico.

El proceso era casi siempre el mismo: la chamana del grupo entraba en trance por medio de la música (normalmente percusiones), bebía y administraba pociones que encontraba en la naturaleza, su alma salía del cuerpo y entraba en el universo paralelo. Ahí encontraba a los espíritus de las plantas, de los animales, de los muertos y de los vivos, todos conviviendo en un tiempo único, aquello que Yao llama energía *ki* y a lo que yo me refiero como Aleph. Dentro de ese punto único, ella encontraba a sus guías, equilibraba las energías, curaba las enfermedades, provocaba las lluvias, restauraba la paz, descifraba los símbolos y señales enviados por la naturaleza, castigaba a todo aquel que estuviese estorbando el contacto de la tribu con el Todo. En aquella época, como el viaje en busca de comida obligaba a la tribu a estar siempre en un lugar distinto, no era posible construir templos o altares de adoración. Sólo estaba el Todo, en cuyo vientre caminaba la tribu.

En la misma forma como aconteció con los líderes, la función de los chamanes fue desvirtuada. Debido a que la salud y la protección del grupo dependían de la armonía con el bosque, el campo y la naturaleza, las mujeres responsables del contacto espiritual, el alma de la tribu, comenzaron a ser investidas con una gran autoridad, generalmente superior a la del líder. En un momento que la historia no sabe precisar (aunque se cree que fue poco después del descubrimiento de la agricultura y el fin del nomadismo), el don femenino fue usurpado por el hombre. La fuerza se sobrepuso a la armonía. Las cualidades naturales de esas mujeres ya no se tomaban en cuenta; lo que importaba era el poder que tenían.

El siguiente paso fue organizar el chamanismo, ahora masculino, en una estructura social. Nacieron las primeras religiones. La sociedad había cambiado y ya no era nómada, pero el respeto y el temor al líder y al chamán estaban (y continúan estándolo) arraigados de manera definitiva en el alma de los seres humanos. Conscientes de eso, los sacerdotes se asociaron con los líderes para mantener al pueblo sumiso. Quien desafiara a los gobernantes era amenazado con el castigo de los dioses. En un momento dado, las mujeres comenzaron a reclamar que se les devolviera el papel de chamanes, porque sin ellas el mundo se encaminaba al conflicto. Pero siempre que eso ocurría, eran inmediatamente apartadas, tratadas como herejes y prostitutas. Si la amenaza era realmente fuerte, el sistema no dudaba en castigarlas con la hoguera, el apedreamiento y, en casos más suaves, el exilio. La historia de la civilización no dejó vestigios de religiones femeninas; sólo sabemos que los objetos mágicos más antiguos descubiertos por los arqueólogos representan diosas.

Pero eso se perdió en las arenas del tiempo. De la misma manera en que el poder mágico, utilizado sólo para fines terrenos, terminó diluido y sin fuerza. Lo único que permaneció fue el miedo al castigo divino.

Ante mí hay un hombre, y no una mujer, aunque las mujeres que se quedaron en la orilla con Hilal seguramente tengan el mismo poder que él. No cuestiono su presencia, ambos sexos poseen el mismo don de entrar en contacto con lo desconocido, siempre que estén abiertos a su "lado femenino". Mi falta de entusiasmo en venir aquí fue porque sé cómo la humanidad se apartó del origen, del contacto con el Sueño de Dios.

Él está encendiendo el fuego en un agujero que protegerá a las llamas del viento que no ha dejado de soplar, colocando una especie de tambor a su lado, abriendo una botella que contiene algún tipo de líquido que desconozco. El chamán en Siberia, donde el término se originó, sigue los mismos rituales que el brujo en los bosques de la Amazonia, que los hechiceros de México, que los sacerdotes del candomblé africano, que los espiritistas en Francia, que los curanderos de las tribus indígenas americanas, que los aborígenes en Australia, que los carismáticos en la Iglesia católica, que los mormones en Utah, y de ahí para adelante.

En esa semejanza reside la gran sorpresa de esas tradiciones que parecen vivir en eterno conflicto unas con otras. Se encuentran en un único plano espiritual, y se manifiestan en diversos lugares del mundo, aunque jamás se hayan comunicado en el plano físico. Ahí está la Mano Superior, que dice:

"A veces mis hijos tienen ojos y no ven. Tienen oídos y no oyen. Por lo tanto, a algunos les exigiré que no sean sordos y ciegos para mí. Aun cuando eso tenga un alto precio, ellos serán responsables de mantener viva la Tradición, y un día Mis bendiciones retornarán a la Tierra."

El chamán comienza a tocar su tambor de manera rítmica, aumentando lentamente la cadencia. Le dice algo a Yao, que él me traduce en seguida:

—Él no usó ese término, pero el *ki* vendrá con el viento.

El viento comienza a aumentar. Aunque esté bien abrigado: anorak especial, guantes, gorro de lana espesa y bufanda que apenas deja fuera mis ojos, no es suficiente. Mi nariz parece haber perdido la sensibilidad, pequeños cristales de hielo se acumulan en mis cejas y pestañas. Yao está sentado sobre sus piernas, en una postura elegante. Procuro hacer lo mismo, pero a cada rato cambio de posición, ya que los pantalones que estoy usando son comunes y el viento atraviesa el tejido y adormece mis músculos, provocando dolorosos calambres.

Las llamas danzan salvajemente, pero se mantienen encendidas. El ritmo del tambor acelera. En este momento, el chamán está intentando hacer que su corazón acompañe los golpes que da su mano en el cuero del instrumento, cuya parte inferior está abierta para que los espíritus puedan entrar. En las tradiciones afrobrasileñas, éste es el momento en que el médium o sacerdote deja salir su alma, permitiendo que otra entidad, más experimentada y más vivida, ocupe su cuerpo. La única diferencia es que en mi país no existe un momento exacto para que se manifieste lo que Yao llama *ki*.

Dejo de ser un mero observador y decido participar del trance. Procuro hacer que mi corazón lata también al ritmo de los golpes, cierro los ojos, vacío mi mente, pero el frío y el viento me impiden llegar más lejos. Otra vez necesito cambiar de posición; abro los ojos y noto que ahora él tiene algunas plumas en la mano que sujeta el tambor, posiblemente de algún raro pájaro local. Según las tradiciones de todos los lugares del mundo, las aves son mensajeras de lo divino. Son ellas las que ayudan al hechicero a subir hasta lo alto y hablar con los espíritus.

Yao también tiene los ojos abiertos; el éxtasis del chamán es sólo de él. El viento aumenta en intensidad, siento cada vez más frío, pero el chamán está impasible. El ritual continúa: él abre una botella con un líquido que me parece ser de color verde, bebe, y se la da a Yao, que bebe también y me la pasa. Por respeto, hago lo mismo: pruebo la mezcla azucarada, con un ligero toque alcohólico, y le devuelvo la botella al chamán.

El ritmo del tambor continúa, interrumpido sólo cuando el hombre garabatea algunos dibujos en el suelo. Nunca vi esos símbolos, parecen un tipo de escritura que desapareció hace mucho tiempo. De su garganta salen ruidos extraños, que parecen voces de pájaros amplificadas muchas veces. El tambor suena cada vez más fuerte y más rápido, ahora el frío parece no molestarme demasiado, y de repente, el viento se detiene.

Nadie necesita explicarme nada: lo que Yao llama *ki* acaba de manifestarse. Los tres se observan, hay una especie de calma, la persona delante de mí no es la misma que condujo la lancha o que pidió que Hilal se quedara en la orilla: sus facciones han cambiado, dándole un aire más joven y femenino.

Durante un tiempo que no puedo precisar, él y Yao hablan en ruso. Una claridad aparece en el horizonte, la luna está naciendo. La acompaño en su nuevo viaje por el cielo, los rayos plateados reflejándose en las aguas del lago, que de un momento a otro se han calmado. A mi izquierda, se encienden las luces del pequeño poblado. Estoy tranquilo, procurando absorber al máximo este momento que no esperaba vivir, pero que estaba en mi camino, como muchos otros. Ojalá lo inesperado tuviera siempre esa cara tan hermosa y pacífica.

Finalmente, usando a Yao como traductor, el chamán me pregunta qué vine a hacer ahí.

—Acompañar a un amigo que prometió regresar. Presentar mis respetos a su arte. Y poder contemplar el misterio a su lado.

—El hombre que está a tu lado no cree en nada —dice el chamán, siempre traducido por Yao—. Ha venido aquí muchas veces para hablar con su esposa y, aun así, no cree. ¡Pobre mujer! En vez de poder caminar junto a Dios mientras espera el momento de volver a la Tierra, debe regresar a cada momento para consolar a ese infeliz. ¡Deja el calor del Sol divino y enfrenta este frío miserable de Siberia porque el amor no la deja partir!

El chamán suelta una carcajada.

—¿Por qué no se lo explica a él?

—Ya se lo expliqué. Pero tanto él como la mayoría de las personas que conozco no se conforman con lo que consideran como una pérdida.

—Puro egoísmo.

—Sí, puro egoísmo. Quieren que el tiempo se detenga o dé marcha atrás. Y por eso no permiten que las almas caminen hacia adelante.

El chamán suelta otra carcajada.

—Él mató a Dios en el momento en que su mujer pasó al otro plano. Volverá aquí una, dos, diez veces y de nuevo intentará hablar con ella. No viene a pedir ayuda para entender mejor la vida. Quiere que las cosas se adapten a su manera de ver la vida y la muerte.

Hace una pausa. Mira a su alrededor. Ya está completamente oscuro, la escena está iluminada sólo por el resplandor de las llamas.

—No sé curar la desesperación cuando las personas encuentran consuelo en ella.

—¿Con quién estoy hablando?

—Tú crees.

Repito la pregunta.

—Valentina.

Una mujer.

—El hombre a mi lado puede ser un poco tonto cuando se trata del espíritu, pero es un excelente ser humano, preparado para vivir casi todo, menos lo que llama la "muerte" de su esposa. El hombre a mi lado es un hombre bueno.

El chamán concuerda con la cabeza.

—Tú también. Acompañaste a un amigo que está a tu lado hace mucho tiempo. Mucho antes de que se encontraran en esta vida. Como yo también te conozco desde hace mucho tiempo.

Otra carcajada.

—Nosotros tres ya nos vimos en otro lugar, antes de enfrentarnos juntos al mismo destino, a aquello que tu amigo llama "muerte", en una batalla. No sé en qué país, pero fueron heridas de bala. Todos los guerreros siempre vuelven a encontrarse. Es parte de la ley Divina.

Él lanza algunas hierbas al fuego, explicando que ya hicimos esto en otra vida, nos sentamos alrededor de la hoguera para hablar de nuestras aventuras.

—Tu espíritu habla con el águila de Baikal. Que todo lo mira y lo vigila, ataca a los enemigos, protege y defiende a los amigos.

Como para confirmar sus palabras, escuchamos a un pájaro a lo lejos. La sensación de frío ha sido sustituida por bienestar. Él vuelve a extendernos la botella.

—La bebida fermentada está viva, va de la juventud a la vejez. Cuando llega a la madurez, es capaz de destruir el Espíritu de la Inhibición, el Espíritu de la Falta de Relaciones Humanas, el Espíritu del Miedo, el Espíritu de la Ansiedad. Sin embargo, si se la bebe más de la cuenta, se rebela y atrae al Espíritu de la Derrota y de la Agresión. Todo es cuestión de saber el punto que no debe traspasarse.

Bebemos y celebramos.

—En este momento tu cuerpo está en la tierra, pero tu espíritu está conmigo aquí en las alturas, y eso es todo lo que puedo ofrecerte: un paseo en los cielos de Baikal. Tú no viniste a pedir nada, por lo tanto, nada te daré más que ese paseo. Espero que te inspire a seguir haciendo lo que haces.

"Bendito seas. De la misma manera en que estás transformando tu vida, transforma a quienes están a tu alrededor. Cuando te pidan, no te olvides de dar. Cuando toquen a tu puerta, no dejes de abrir. Cuando pierdan algo y vinieran a ti, haz todo lo que esté a tu alcance y encuentra lo que se perdió. Pero antes, pide, toca la puerta y descubre todo lo que está perdido en tu vida. Un cazador sabe lo que le espera: devorar a su presa o ser devorado por ella."

Hago una señal afirmativa con la cabeza.

—Tú ya viviste esto antes y volverás a vivirlo muchas veces —continúa el chamán—. Un amigo de tus amigos es un amigo del águila de Baikal. Nada especial sucederá esta noche; no tendrás visiones, ni experiencias mágicas, ni trances para comunicarte con los vivos ni con los muertos. No recibirás ningún poder especial. Sólo te sentirás exultante de alegría cuando el águila de Baikal le muestre el lago a tu alma. No estás viendo nada, pero en este momento tu espíritu se deleita en las alturas.

Mi espíritu se deleita en las alturas y no estoy viendo nada. No es necesario: sé que él está diciendo la verdad. En cuanto vuelva al cuerpo, será más sabio y estará más sereno que nunca.

El tiempo se detiene, porque ya no logro contarlo. Las llamas se están moviendo, proyectando sombras extrañas en el rostro del chamán, pero yo no estoy sólo ahí. Dejo que mi espíritu pasee; lo necesita, después de tanto esfuerzo y tanto trabajo a mi lado. Ya no siento frío. Ya no siento nada, estoy libre y así seguiré mientras el águila de Baikal sobrevuela el lago y las montañas nevadas. Lástima que el espíritu no pueda contarme lo que vio; pero a final de cuentas, no necesito saber todo lo que pasa conmigo.

El viento comienza a soplar de nuevo. El chamán hace una profunda reverencia a la tierra y al cielo. El fuego, que estaba tan bien protegido, se apaga de repente. Miro la luna que está ya muy alta en el cielo, puedo ver las siluetas de varios pájaros volando a nuestro alrededor. El hombre volvió a envejecer, parece cansado, está guardando el tambor en un gran saco bordado.

Yao se le aproxima, mete su mano en el bolsillo izquierdo, saca un puñado de monedas y billetes. Hago lo mismo.

—Mendigamos para el águila de Baikal. Aquí está lo que recibimos.

Hace una reverencia, agradece el dinero y descendemos sin prisa hacia el bote. La isla sagrada de los chamanes tiene su espíritu propio, está oscuro y nunca sabemos si estamos poniendo el pie en el lugar correcto.

Cuando llegamos a la orilla, buscamos a Hilal, y las dos mujeres explican que ya regresó al hotel. Sólo entonces me doy cuenta de que el chamán no dijo una sola palabra sobre ella.

Miedo al miedo

L a calefacción del cuarto está al máximo. Incluso antes de buscar el interruptor de la luz, me quito la chamarra, el gorro, la bufanda y voy a la ventana con la intención de abrirla para renovar un poco el aire. Como el hotel está en una pequeña colina, puedo ver que las luces del pueblecito se apagan. Me quedo un rato ahí, imaginando las maravillas que mi espíritu debe haber presenciado. Y cuando quiero girarme, escucho la voz.

—No voltees.

Hilal está ahí. Y el tono de sus palabras me asusta. Está hablando en serio.

—Estoy armada.

No, no puede ser. A no ser que aquellas mujeres…

—Retrocede un poco.

Hago lo que me ordena.

—Un poco más. Eso. Ahora da un paso a la derecha. Ahí, no te muevas.

Ya no estoy pensando, el instinto de supervivencia tomó el control de todas mis reacciones. En segundos, la mente calcula qué posibilidades tengo de sobrevivir: tirarme al suelo, intentar establecer una conversación, o simplemente esperar su siguiente paso. Si está realmente decidida a matarme, no debe tardar mucho, pero si no lo intenta en el próximo minuto, comenzará a hablar y las oportunidades estarán de mi lado.

Un ruido ensordecedor, una explosión, y me veo cubierto de fragmentos de vidrio. La lámpara encima de mi cabeza ha estallado.

—En la mano derecha tengo el arco, el violín en la izquierda. No te voltees.

No volteo, pero respiro profundo. No hay ninguna magia ni efecto especial en lo que acaba de ocurrir: los cantantes de ópera consiguen el mismo efecto con la voz: hacer estallar las copas de champaña, por ejemplo, haciendo que el aire vibre con tal frecuencia que las cosas muy frágiles acaban por romperse.

De nuevo el arco toca las cuerdas, arrancándoles un sonido estridente.

—Sé todo lo que pasó. Lo vi. Las mujeres me condujeron ahí sin necesidad de un anillo de luz.

Ella vio.

Un inmenso peso se quita de mis espaldas, llenas de fragmentos de lámpara. Sin que Yao lo supiese, el viaje a ese lugar era también mi viaje de regreso a mi reino. No necesitaba decir nada, ella lo había visto.

—Me abandonaste cuando más te necesitaba. Morí por tu culpa y ahora volví para aterrarte.

—No me aterras. No me asustas. Fui perdonado.

—Tú fuiste mi perdición. Te perdoné sin saber exactamente lo que estaba haciendo.

Otro acorde más, agudo y desagradable.

—Si quieres, retira tu perdón.

—No quiero. Estás perdonado. Y si debiera perdonarte setenta veces siete, te perdonaría. Pero las imágenes aparecieron confusas en mi mente. Necesito que me cuentes exactamente lo que pasó.

Sólo recuerdo que estaba desnuda, tú me mirabas, yo les decía a todos que te amaba y por eso fui condenada a muerte. Mi amor me condenó.

—¿Puedo voltearme?

—Aún no. Antes cuéntame lo que sucedió. Todo lo que sé es que en una vida pasada morí por tu causa. Pudo haber sido aquí, pudo haber sido en cualquier lugar del mundo, pero me sacrifiqué en nombre del amor, para salvarte.

Mis ojos ya se acostumbraron a la oscuridad, pero el calor en el cuarto es insoportable.

—¿Qué hicieron las mujeres, exactamente?

—Nos sentamos a la orilla del lago, ellas encendieron una hoguera, tocaron un tambor, entraron en trance y me dieron algo de beber. Cuando bebí, comenzaron esas visiones confusas. Duraron muy poco. Sólo recuerdo lo que acabo de contarte. Pensé que no pasaba de ser una pesadilla, pero ellas me garantizaron que estuvimos juntos en una vida pasada. Tú me dices lo mismo.

—No. Sucedió en el presente, está sucediendo ahora. En este momento estoy en un cuarto de hotel en Siberia, en un poblado cuyo nombre no sé. Estoy también en un calabozo cerca de Córdoba, en España. Estoy con mi mujer en Brasil, con las muchas mujeres que tuve, y en algunas de esas vidas, soy mujer. Toca.

Me quito el suéter. Ella comienza a tocar una sonata que no fue hecha para violín; mi madre la tocaba en el piano cuando yo era niño.

—Hubo una época en que el mundo también era mujer, su energía era bella, las personas creían en milagros, el momento presente era todo lo que tenía, y por eso, el tiempo no existía. Los griegos tienen dos palabras para el tiempo. La primera es Kairos, el tiempo de Dios, la eternidad. De pronto, algo cambió. La lucha por la supervivencia, la necesidad de saber dónde sembrar para poder cosechar, y el tiempo tal y como lo vivimos hoy pasaron a ser parte de nuestra historia. Los griegos llaman a eso Cronos; los romanos, Saturno, un dios que lo primero que hizo fue devorar a sus hijos. Nos convertimos en esclavos de la memoria. Sigue tocando y te lo explico mejor.

Ella continúa tocando. Comienzo a llorar, pero aun así prosigo:

—En este momento estoy en un jardín en una villa, sentado en un banco frente a mi casa, mirando el cielo y tratando de descubrir lo que las personas quieren decir cuando utilizan la expresión "construir castillos en el aire", que acabo de escuchar hace una hora. Tengo siete años. Estoy intentando construir un castillo dorado, pero me cuesta concentrarme. Mis amigos cenan en sus casas, mi madre está tocando esa misma música que escucho ahora, sólo que al piano. Si no fuese por la necesidad que siento de narrarlo, estaría totalmente ahí. El olor del verano, las cigarras cantando en los árboles, pensando en la niña de la que estoy enamorado.

No estoy en el pasado, estoy en el presente. Yo soy ahora aquel niño que fui. Siempre seré ese niño, todos nosotros seremos los niños, los adultos, los viejos que fuimos y que volveremos a ser. No estoy RECORDANDO. Estoy VIVIENDO de nuevo ese tiempo.

No puedo seguir. Me llevo las manos al rostro y lloro, mientras ella toca cada vez con más intensidad, más perfección, transportándome a los muchos que soy en esta vida. No lloro por mi madre que partió, porque ella está aquí ahora, tocando para mí. No lloro por el niño que, sorprendido con esa expresión tan complicada, intenta construir su castillo dorado que desaparece a cada segundo. El niño también está aquí, escuchando a Chopin, sabe cuán hermosa es la música, ¡ya la escuchó tantas veces y quisiera escucharla muchas más! Lloro porque no existe otra forma de expresar lo que siento: ESTOY VIVO. En cada poro, en cada célula de mi cuerpo, estoy vivo, nunca nací, y nunca he muerto.

Puedo tener mis momentos de tristeza, mis confusiones mentales, pero por encima de mí está el gran Yo, que comprende todo y se ríe de mis agonías. Lloro por lo efímero y por la eternidad, por saber que las palabras son más pobres que la música, y por lo tanto yo jamás lograré describir este momento. Dejo que Chopin, Beethoven, Wagner me conduzcan al pasado que es el presente; su música es más poderosa que todos los anillos dorados que conozco.

Lloro mientras Hilal toca. Y ella toca hasta que yo me canso de llorar.

*   *   *

Ella va hasta el interruptor. La lámpara rota explota en un corto circuito. El cuarto sigue a oscuras; ella va al buró y enciende la lámpara de mesa.

—Puedes voltear ahora.

Cuando mis ojos se acostumbran a la claridad, puedo verla completamente desnuda, los brazos abiertos, el violín y el arco en las manos.

—Hoy me dijiste que me amabas como un río. Ahora quiero decirte que te amo como la música de Chopin. Simple y profunda, azul como el lago, capaz de…

—… la música habla por sí misma. No necesitas decir nada.

—Tengo miedo. Mucho miedo. ¿Qué fue exactamente lo que vi?

Le describo con detalles todo lo que sucedió allá, mi cobardía y la muchacha a la que yo veía exactamente como ella estaba ahora, sólo que con las manos atadas a cuerdas que no eran de un arco o de un violín. Ella escucha en silencio, manteniendo los brazos abiertos, absorbiendo cada una de mis palabras. Estamos los dos de pie, en el centro del cuarto, su cuerpo es blanco como el de la niña de 15 años que en este momento está siendo conducida a una hoguera construida cerca de la ciudad de Córdoba. Yo no podré salvarla, sé que va a desaparecer en las llamas junto a sus amigas. Eso ya ocurrió una vez, está ocurriendo muchas otras veces y volverá a ocurrir mientras el mundo siga existiendo. Comento que aquella muchacha tenía vellos púbicos, y la que está ahora delante de mí rasuró los suyos, algo que considero abominable, como si todos los hombres buscaran siempre a una criatura para tener relaciones sexuales. Le pido que nunca más lo haga, y ella promete que jamás volverá a rasurarlos.

Le muestro los eczemas en mi piel, que parecen más visibles y activos que nunca, le explico que son las marcas del mismo lugar y del mismo pasado. Le pregunto si recuerda lo que me dijo, lo que las otras me dijeron mientras iban en dirección a la hoguera. Ella hace una señal negativa con la cabeza.

—¿Me deseas?

—Mucho. Estamos solos aquí, en este lugar único en el planeta, estás desnuda frente a mí. Te deseo mucho.

—Tengo miedo de mi miedo. Me estoy pidiendo perdón a mí misma no por estar aquí, sino porque siempre fui egoísta en mi dolor. En vez de perdonar, busqué la venganza. No porque fuese más fuerte, sino porque siempre me sentí más débil. Y cuando hería a otros, me hería todavía más a mí misma. Humillaba para sentirme humillada, atacaba para sentirme violentada por mis propios sentimientos.

"Sé que no soy la única que ha pasado por lo mismo que comenté en la mesa de la embajada, de la manera más trivial posible: ser violada por un vecino que era amigo de mi familia. Aquella noche dije que eso no era tan raro, y estoy segura de que por lo menos una de las mujeres ahí había sido abusada en su infancia. Aun así, no todas se comportan de la misma forma que yo. No logro estar en paz conmigo misma."

Respira profundo, buscando las palabras, y continúa:

—No logro superar lo que todo el mundo supera. Tú estás en busca de tu tesoro y yo soy parte de él. Aun así, me siento una extraña en mi propia piel. No quiero lanzarme a tus brazos, besarte y hacer el amor contigo por una única razón: no tengo valor, tengo miedo de perderte. Pero, mientras que tú estabas buscando tu reino, yo me encontraba a mí misma, hasta que en un determinado momento durante el viaje, dejé de progresar. Fue cuando me volví más agresiva. Me siento rechazada, inútil, y no hay nada que puedas decirme que me haga cambiar de idea.

Me siento en la única silla del cuarto y le pido que se siente en mi regazo. Su cuerpo también está sudado por el calor del cuarto. Ella mantiene el arco y el violín en las manos.

—Tengo muchos miedos —digo—. Y los seguiré teniendo. No voy a tratar de explicar nada. Pero hay algo que puedes hacer en este minuto.

—No quiero seguir diciéndome a mí misma que eso pasará algún día. No pasará. ¡Tengo que aprender a convivir con mis demonios!

—Espera. No hice este viaje para salvar al mundo, mucho menos para salvarte a ti. Pero la Tradición mágica dice que es posible transferir el dolor. Éste no desaparece de inmediato, pero va disminuyendo a medida que lo transfieres a otro lugar. Tú lo has hecho de manera inconsciente toda tu vida. Ahora sugiero que lo hagas de forma consciente.

—¿No tienes ganas de hacer el amor conmigo?

—Muchas ganas. En este momento, a pesar de que el cuarto está calientísimo, puedo sentir un calor todavía más fuerte en mis piernas, en el sitio donde tu sexo está tocando. No soy un súper hombre. Por eso te pido que transfieras tu dolor y mi deseo.

"Te pido que te levantes, vayas a tu cuarto y toques hasta quedar exhausta. Somos los únicos en esta posada, así que nadie se quejará del ruido. Pon todo tu sentimiento en la música, y mañana hazlo otra vez. Siempre que toques, recuerda que eso que tanto te lastimó se transformó en un don. Al contrario de lo que dices, otras personas jamás superan el trauma, sólo lo esconden en un lugar que no visitan nunca. Pero, en tu caso, Dios te mostró el camino. La fuente de regeneración está en este momento en tus manos."

—Te amo como Chopin. Siempre deseé ser pianista, pero el violín era todo lo que mis padres podían comprar en aquella época.

—Te amo como un río.

Ella se levanta y comienza a tocar. El cielo escucha la música, los ángeles bajan para contemplar conmigo a esa mujer desnuda que a veces se queda parada, a veces balancea su cuerpo acompañando al instrumento. Yo la deseé e hice el amor con ella, sin tocarla y sin tener un orgasmo. No porque sea el hombre más fiel del mundo, sino porque ésa era la manera en que nuestros cuerpos se encontraran: con los ángeles presenciando todo.

Por tercera vez aquella noche: cuando mi espíritu voló con el águila de Baikal, cuando escuché una canción de mi infancia, y ahora, el tiempo se ha detenido. Estaba totalmente ahí, sin pasado y sin futuro, viviendo con ella la música, la inesperada plegaria, la gratitud por haber salido en busca de mi reino. Me acosté en la cama, y ella siguió tocando. Me adormecí al sonido de su violín.

Desperté con el primer rayo de sol, fui a su cuarto y vi su rostro: por primera vez, ella realmente parecía tener 21 años. La desperté suavemente y le pedí que se vistiera, porque Yao nos esperaba para desayunar. Debíamos volver de inmediato a Irkutsk, pues el tren partiría en algunas horas.

Bajamos, comemos pescado marinado (única opción a esa hora) y escuchamos el ruido del auto que llega a buscarnos. El conductor nos desea buenos días, toma nuestras maletas y las pone en la cajuela.

Salimos con el sol brillando, el cielo limpio, sin viento; las montañas nevadas a lo lejos son claramente visibles. Me detengo a despedirme del lago, sabiendo que posiblemente nunca más volveré a venir aquí en mi vida. Yao y Hilal entran en el auto, el conductor enciende el motor.

Pero yo no puedo moverme.

—Vamos. Tenemos una hora de margen en caso de que haya algún accidente en la carretera, pero no quiero correr ningún riesgo.

El lago me llama.

Yao baja del auto y se aproxima.

—Tal vez esperabas más del encuentro con el chamán. Pero fue importante para mí.

No, yo esperaba menos. Más tarde comentaría con él lo que sucediera con Hilal. Ahora miro al lago amaneciendo junto con el sol, sus aguas reflejando cada rayo. Mi espíritu lo visitó con el águila de Baikal, pero yo necesito conocerlo mejor.

—En fin, a veces las cosas no son como pensamos —continúa él—. Pero de cualquier forma te agradezco que hayas venido.

—¿Es posible desviarse del camino trazado por Dios? Sí, pero siempre es un error. ¿Es posible evitar el dolor? Sí, pero entonces jamás aprenderás nada. ¿Es posible conocer las cosas sin experimentarlas verdaderamente? Sí, pero ellas nunca formarán realmente parte de ti.

Y con esas palabras voy caminando en dirección a las aguas que me llaman. Despacio primero, titubeante, sin saber si lograré llegar hasta allá. Poco a poco, notando que mi razón me empuja hacia atrás, comienzo a aumentar la velocidad, a correr, mientras me voy arrancando mis ropas de invierno. Cuando llego a su orilla, estoy sólo en calzoncillos. Durante un momento, una fracción de segundo, titubeo. Pero la duda no es lo bastante fuerte para impedirme seguir adelante. El agua helada toca mis pies, mis tobillos, noto que el fondo está lleno de piedras y me cuesta equilibrarme, pero aun así sigo adelante, hasta que el lugar sea lo bastante profundo para:

¡SUMERGIRME!

Mi cuerpo entra en el agua helada, siento que miles de agujas se clavan en mi piel, aguanto tanto como puedo, tal vez unos cuantos segundos, tal vez una eternidad, y después salgo a la superficie.

¡Verano! ¡Calor!

Más tarde entendería que todos aquellos que salen de un lugar extremadamente helado a otro con una temperatura superior, experimentan la misma sensación. Ahí estaba yo, sin camisa, con las aguas de Baikal hasta los tobillos, alegre como un niño porque había sido envuelto por toda aquella fuerza que ahora era parte de mí.

Yao y Hilal me han seguido y me miran desde la orilla. Incrédulos.

—¡Vengan! ¡Vengan!

Ambos comienzan a desvestirse. Hilal no trae nada abajo, otra vez está completamente desnuda, ¿pero qué importa? Algunas personas se reúnen en el muelle y nos observan. ¿Pero qué importa eso tampoco? El lago es nuestro. El mundo es nuestro.

Yao entra primero, nota el fondo irregular y cae. Vuelve a levantarse, camina un poco más y se zambulle. Hilal debe haber levitado entre las piedras, porque entra corriendo, va más lejos que nosotros, se da una larga zambullida, abre los brazos hacia el cielo y ríe, ríe como una loca.

Desde el momento en que comencé a correr en dirección al lago hasta la hora en que salimos, no pasaron más de cinco minutos. El conductor, preocupadísimo, llega corriendo también con algunas toallas que consiguió a toda prisa en el hotel. Nosotros tres saltamos de alegría, abrazados, cantando, gritando y diciendo: "¡Está caliente aquí afuera!", como los niños que nunca, nunca en nuestra vida dejaremos de ser.

La ciudad

A justo el reloj; es la última vez que lo haré en este viaje: son las cinco de la mañana del día 30 de mayo de 2006. En Moscú, con siete horas de diferencia, las personas todavía están cenando en la noche del día 29.

Todos en el vagón despertaron temprano o no pudieron dormir. No a causa del balanceo del tren, al cual ya nos acostumbramos, sino porque dentro de poco llegaremos a Vladivostok, la estación final. Pasamos esos dos días en el vagón, en gran parte alrededor de aquella mesa que durante toda esta eternidad fue el centro de nuestro universo. Comemos, contamos historias y describo las sensaciones de mi inmersión en el Baikal, aunque las personas estén más interesadas en el encuentro con el chamán.

Mis otros editores tuvieron una idea genial: avisar a las próximas ciudades donde habría paradas a qué hora llegaría el tren. Fuese de día o de noche, yo descendía del vagón, las personas me esperaban en la plataforma, me daban los libros para firmar, me agradecían y yo agradecía a mi vez. En ocasiones nos quedábamos cinco minutos, a veces veinte. Ellas me bendecían, y yo aceptaba todas las bendiciones que me eran otorgadas, tanto por ancianas señoras con abrigos largos, botas y pañuelos amarrados en la cabeza como por jóvenes que salían del trabajo o estaban volviendo a casa, generalmente vestidos con un simple blusón, como para decirle a todos: "Soy más fuerte que el frío".

El día anterior decido recorrer todo el tren. Siempre había pensado hacer eso, pero acababa dejándolo para otro día, ya que teníamos un largo viaje ante nosotros. Hasta que me di cuenta de que ya casi estábamos llegando.

Le pedí a Yao que me acompañara. Abrimos y cerramos una infinidad de puertas, imposible contar cuántas. Sólo entonces entendí que no estaba en un tren, sino en una ciudad, en un país, en todo el Universo. Debería haberlo hecho antes, el viaje hubiese sido más enriquecedor, podría haber descubierto personas interesantísimas, escuchado historias que tal vez pudiese convertir en libros.

Recorrí durante toda la tarde aquella ciudad sobre rieles, descendiendo sólo en las paradas para encontrarme con los lectores que esperaban en las estaciones. Caminé por esta gran ciudad como por tantas otras en este mundo, y presencié las mismas escenas: el hombre que habla por el celular, el muchacho que corre para tomar algo que olvidó en el carro-restaurante, la madre con el bebé en el regazo, dos jóvenes que se besan en el estrecho corredor a un lado de las cabinas, sin prestar atención al paisaje que desfila allá afuera, radios a todo volumen, señales que no logro descifrar, personas que ofrecen cosas o piden algo, un hombre con un diente de oro que ríe con sus compañeros, una mujer con un pañuelo en el cabello que llora mirando al vacío. Fumé algunos cigarrillos con un grupo de personas para atravesar la estrecha puerta que lleva al próximo vagón, miré disimuladamente a los hombres pensativos, bien vestidos, que parecían cargar el mundo en sus espaldas.

Caminé por aquella ciudad que se extiende como un gran río de acero que no para de correr, donde no hablo la lengua local, ¿pero cuál es la diferencia? Escuché todo tipo de idiomas y sonidos, y observé que, tal y como sucede en las grandes ciudades, la mayoría de las personas no hablaba con nadie; cada pasajero inmerso en sus sueños y problemas, obligado a convivir con tres extraños en la misma cabina, gente a la que nunca volverá a encontrar y que se ocupa de sus propios sueños y problemas. Por más miserables o solitarios que se sientan, por más que necesiten compartir la alegría de una conquista o la tristeza que sofoca, es mejor y más seguro guardar silencio.

Decidí abordar a alguien, una mujer que imaginé tenía mi edad. Le pregunté por dónde estábamos pasando. Yao comenzó a traducir mis palabras, pero le pedí que no me ayudara, necesitaba imaginar cómo sería hacer este viaje solo: ¿lograría llegar al fin? La mujer hizo una señal con la cabeza, mostrando que no había entendido lo que yo le decía, el ruido de las ruedas sobre los rieles era muy alto. Repetí la pregunta; esta vez, ella escuchó mis palabras, pero no entendió nada. Debe haber creído que yo era un loco, y siguió su camino.

Intenté con una segunda, una tercera persona. Cambié de pregunta, quería saber por qué estaban viajando, qué hacían en aquel tren. Nadie entendió lo que yo quería y eso me dio gusto, porque mi pregunta era ridícula, todos saben lo que están haciendo, adónde están yendo; incluso yo, aunque quizás no había llegado hasta donde deseaba. Alguien que se escurría entre nosotros por el estrecho corredor me escuchó hablar inglés, se detuvo y me dijo con voz tranquila:

—¿Puedo ayudarle? ¿El señor está perdido?

—No, no estoy perdido. ¿Por dónde estamos pasando?

—Estamos en la frontera con China; en breve daremos vuelta a la derecha y descenderemos hacia Vladivostok.

Le di las gracias y seguí adelante. Había conseguido establecer un diálogo, podría viajar solo, jamás estaría perdido mientras existiera tanta gente para ayudarme.

Caminé por la ciudad que parece no terminar nunca, y volví al punto de partida llevando conmigo las risas, las miradas, los besos, las músicas, las palabras en tantas lenguas diferentes, el bosque que pasaba allá afuera y que seguramente no volveré a ver jamás en mi vida: por lo tanto, permanecerá siempre conmigo, en mi retina y en mi corazón.

Regresé a la mesa que ha sido el centro de nuestro universo, escribí unas líneas y las puse en el sitio donde Yao siempre pegaba sus pensamientos diarios.

* * *

Leo lo que escribí ayer, después del paseo por el tren.

"No soy un extranjero porque no recé para volver con seguridad, no perdí mi tiempo imaginando cómo estaría mi casa, y mi mesa, y mi lado de la cama. No soy un extranjero porque todos estamos viajando, tenemos las mismas preguntas, el mismo cansancio, los mismos miedos, el mismo egoísmo y la misma generosidad. No soy un extranjero porque cuando necesité, recibí. Cuando toqué, la puerta se abrió. Cuando busqué, encontré lo que pensaba."

Recuerdo que ésas fueron las palabras del chamán. En breve, este vagón volverá a su punto de partida. Aquel papel desaparecerá en cuanto la gente de intendencia entre para limpiarlo. Pero yo no olvidaré nunca lo que escribí: porque no soy y nunca seré un extranjero.

* * *

Hilal se quedó la mayor parte del tiempo en su cabina, tocando desesperadamente el violín. A veces sentía que hablaba con los ángeles, otras veces era sólo una repetición para mantener la práctica y la técnica. En el camino de vuelta a Irkutsk, tuve la certeza de que en mi paseo con el águila de Baikal no estaba solo. Nuestros espíritus habían visto juntos las mismas maravillas.

La noche anterior le pedí que durmiéramos juntos otra vez. Había intentado hacer solo el ejercicio del anillo luminoso, pero no logré ningún resultado más allá de conducirme, sin que yo lo deseara, al escritor que fui en la Francia del siglo XIX. Él (yo) terminaba un párrafo:

"Los momentos que anteceden al sueño son semejantes a la imagen de la muerte. Nos invade el sopor, y se vuelve imposible determinar cuando el 'YO' pasa a existir bajo otra forma. Nuestros sueños son nuestra segunda vida: soy incapaz de cruzar los portales que nos llevan al mundo invisible sin sentir un escalofrío."

Esa noche, ella se acostó a mi lado, apoyé la cabeza en su pecho y permanecimos en silencio, como si nuestras almas se conocieran hace mucho tiempo y no hubiese ya necesidad de palabras, sólo de este contacto físico. Finalmente, logré que el anillo dorado me llevara exactamente a donde quería estar: la ciudad cercana a Córdoba.

La sentencia es pronunciada en público, en medio de la plaza, como si estuviésemos en una gran fiesta popular. Las ocho muchachas visten una prenda blanca hasta los tobillos, tiemblan de frío, pero en breve experimentarán el calor del fuego del infierno, encendido por los hombres que piensan actuar en nombre del Cielo. Le pedí a mi superior que me dispensara de estar entre los miembros de la Iglesia. No necesité convencerlo, creo que está furioso con mi cobardía, y me deja ir adonde desee. Estoy mezclado con la multitud, avergonzado, la cabeza siempre cubierta con la capucha de mi hábito de dominico.

Durante todo aquel día llegaron curiosos de las ciudades vecinas y, aun antes de que cayera la tarde, ya llenaban la plaza. Los nobles vinieron en sus trajes más coloridos, están sentados en primera fila en sus sillas especiales. Las mujeres tuvieron tiempo de arreglarse el cabello y ponerse maquillaje, para que todos puedan apreciar lo que piensan en una manifestación de belleza. En las miradas de los presentes hay algo que va más allá de la curiosidad: un sentimiento de venganza parece ser la emoción común. No se trata de alivio de ver que las culpables son castigadas, sino de represalia por el hecho de que son bonitas, jóvenes, sensuales e hijas de gente muy rica. Ellas merecen ser castigadas por todo lo que la mayoría de las personas ahí dejó atrás en su juventud, o nunca consiguió alcanzar. Venguémonos entonces de la belleza. Venguémonos de la alegría, de las risas y la esperanza. En un mundo como éste, no hay lugar para sentimientos que comprueban que todos somos miserables, frustrados, impotentes.

El inquisidor celebra una misa en latín. En un momento dado, durante el sermón en el que amonesta a las personas sobre los terribles castigos que aguardan a los culpables de herejía, se escuchan gritos. Son los padres de las jóvenes que serán quemadas, mantenidos hasta entonces fuera de la plaza, pero que lograron burlar la barrera y entrar.

El inquisidor interrumpe el sermón, la multitud abuchea, los guardias se dirigen a ellos y logran sacarlos de ahí.

Llega una carreta jalada por bueyes. Las muchachas ponen los brazos atrás, sus manos son amarradas y los dominicos las ayudan a subir. Los guardias forman un cordón de seguridad en torno al vehículo, la multitud se aparta y los bueyes, con su carga macabra, son conducidos en dirección a la hoguera, que será encendida en un campo cercano.

Las muchachas mantienen las cabezas bajas; desde donde estoy es imposible saber si hay miedo o lágrimas en sus ojos. Una de ellas fue torturada tan bárbaramente que no consigue tenerse en pie sin la ayuda de las otras. Los soldados intentan, con mucha dificultad, controlar a la multitud que ríe, insulta, arroja cosas. Veo que la carreta va a pasar cerca de donde estoy, intento salir de ahí, pero es tarde. La masa compacta de hombres, mujeres y niños detrás de mí no me deja moverme.

Ellas se aproximan, las vestiduras blancas sucias ahora de huevos, cerveza, vino, pedazos de cáscaras de papa. Dios tenga piedad. Espero que, en el momento en que la hoguera sea encendida, ellas pidan de nuevo perdón por sus pecados, mismos que nadie de los que estamos ahí podemos imaginar que un día serían transformados en virtudes. Si pidieran absolución, un fraile escuchará otra vez sus confesiones, entregará sus almas a Dios, y todas serán estranguladas con una cuerda colocada en sus cuellos y pasada por detrás de la estaca. Quemarán sólo sus cadáveres.

Insisten en su inocencia, serán quemadas vivas.

He asistido a otras ejecuciones como la de esta noche. Espero sinceramente que los padres de las muchachas hayan dado dinero al verdugo; así, un poco de aceite será derramado sobre la madera, el fuego arderá con rapidez, y el humo las intoxicará antes de que las llamas comiencen a consumir primero sus cabellos, después los pies, las manos, la cara, las piernas y finalmente el tronco. Sin embargo, si no hubo oportunidad de sobornarlo, serán quemadas lentamente, un sufrimiento que es imposible de describir.

La carreta está ahora frente a mí. Bajo la cabeza, pero una de ellas me ve. Todas se vuelven, y yo me preparo para ser ofendido y agredido porque lo merezco, soy el más culpable de todos, el que se lavó las manos cuando una simple palabra hubiese podido cambiarlo todo.

Ellas me llaman. Las personas a mi alrededor me miran sorprendidas; ¿yo conocía a esas brujas? Si no fuera por mi hábito de dominico, posiblemente estaría siendo golpeado. Una fracción de segundo después, las personas que me rodean se dan cuenta de que debo ser uno de los que las condenó. Alguien me da una palmada de felicitación en la espalda, una mujer me dice: "Felicidades por su fe".

Ellas siguen llamándome. Y yo, que ya me cansé de ser cobarde, decido levantar la cabeza y escucharlas.

En ese momento, todo queda congelado y ya no logro ver más allá.

Pensé en llevarla al Aleph, tan cerca de nosotros, ¿pero era ése el sentido de mi viaje? Manipular a una persona que me ama sólo para tener una respuesta sobre algo que me atormenta: ¿eso realmente me haría volver a ser rey de mi reino? Si no lo lograra ahora, lo conseguiría más adelante: con toda seguridad, otras tres mujeres esperaban en mi camino, si yo tuviera el coraje de recorrerlo hasta el final. Casi con toda certeza, no me marcharía de esta encarnación sin saber la respuesta.

* * *

Ya es de día, la gran ciudad aparece en las ventanas laterales, las personas se levantan sin ningún entusiasmo o felicidad porque estamos llegando. Tal vez nuestro viaje esté realmente comenzando aquí.

La velocidad va disminuyendo, la ciudad de acero comienza a parar lentamente, esta vez de manera definitiva. Me vuelvo hacia Hilal y digo:

—Baja a mi lado.

Ella desciende conmigo. Las personas aguardan afuera. Una chica de ojos grandes empuña un gran cartelón con la bandera de Brasil y palabras escritas en portugués. Los periodistas se aproximan, yo agradezco a todos los rusos por el cariño que demostraron a cada momento mientras cruzaba el gigantesco continente asiático. Recibo flores, los fotógrafos me piden que pose para algunas fotos delante de una gran columna de bronce, que culmina con un águila de dos cabezas, con el siguiente grabado en su base:

9 288.

No es necesario especificar "kilómetros". Todos los que llegan hasta aquí saben lo que ese número significa.

El telefonema

E l barco navega tranquilamente por el Océano Pacífico, mientras el sol comienza a descender por detrás de las colinas donde está la ciudad. La tristeza que creí ver en mis compañeros de tren cuando llegamos dio paso a una euforia descontrolada. Todos nos comportamos como si fuera la primera vez que viéramos el mar, nadie quiere pensar en que pronto estaremos diciendo "adiós", prometiendo que volveremos a vernos en breve, convencidos de que esa promesa es sólo para hacer más fácil la despedida.

El viaje está acabando, la aventura está llegando a su fin, y en tres días todos estaremos de regreso en nuestras casas, donde abrazaremos a nuestras familias, veremos a nuestros hijos, miraremos la correspondencia que se ha acumulado, mostraremos los centenares de fotos que sacamos, contaremos historias sobre el tren, las ciudades por las que pasamos, las personas que se cruzaron por nuestro camino.

Todo para convencernos a nosotros mismos de que aquello realmente sucedió. De aquí a tres días, de vuelta a la rutina diaria, la sensación será de que nunca salimos y fuimos tan lejos. Claro, tenemos las fotos, los boletos, los recuerdos que compramos por el camino, pero el tiempo, único, absoluto, eterno señor de nuestras vidas, nos estará diciendo: tú estuviste siempre en esta casa, en este cuarto, ante esta computadora.

¿Dos semanas? ¿Qué son en una vida entera? Nada cambió en esta calle, los vecinos siguen comentando los mismos asuntos, el periódico que fuiste a comprar en la mañana trae exactamente las mismas noticias: la Copa del Mundo que está por comenzar en Alemania, las discusiones sobre un Irán con bomba atómica, los conflictos entre israelíes y palestinos, los escándalos de las celebridades, las constantes reclamaciones sobre las cosas que el gobierno prometió, y no hizo.

No, nada cambió. Sólo nosotros, que viajamos en busca de nuestro reino y descubrimos tierras que nunca habíamos pisado antes, sabemos que somos diferentes. Pero cuanto más explicamos, más nos convencemos de que ese viaje, como todos los anteriores, existe solamente en nuestra memoria. Tal vez algo para contar a los nietos, o eventualmente escribir un libro al respecto, ¿pero qué podremos decir exactamente?

Nada. Quizás lo que sucedió allá afuera, pero nunca lo que se transformó aquí dentro.

Tal vez no nos veamos nunca más. Y la única persona que en este momento tiene los ojos en el horizonte es Hilal. Debe estar pensando cómo resolver este problema. No, para ella la Transiberiana no termina aquí. Incluso así, no deja transparentar lo que siente, y cuando las personas fuerzan la conversación, responde de manera educada y gentil. Cosa que nunca hizo durante el tiempo en que convivimos.

* * *

Yao busca estar a su lado. Ya lo intentó dos o tres veces, pero ella siembre acaba apartándose después de intercambiar algunas frases. Él desiste y viene hasta donde estoy.

—¿Qué puedo hacer?

—Respetar su silencio, creo.

—Yo también pienso lo mismo. Pero ya sabes…

—Sí, yo sé. ¿Pero por qué no mejor te preocupas por ti mismo? Recuerda las palabras del chamán: mataste a Dios. Es hora de resucitarlo, o ese viaje habrá sido inútil. Conozco mucha gente que trata de ayudar a otros sólo por apartarse de sus propios problemas.

Yao me da una palmada en la espalda, como diciendo "entiendo", y me deja solo con la vista del océano.

Ahora que estoy en el sitio más distante, mi mujer está a mi lado. Por la tarde me encontré con mis lectores, tuvimos la fiesta de siempre, visité al prefecto, tuve en las manos, por primera vez en mi vida, una Kalashnikov de verdad que él guardaba en su escritorio. A la salida, observé un periódico sobre su mesa. Aun sin entender una palabra de ruso, las fotos hablaban por sí solas: futbolistas.

¡La Copa del Mundo comenzará en unos cuantos días! Ella me espera en Munich, donde nos reuniremos en breve, le diré cuánto la extrañé y le contaré con detalle todo lo que pasó conmigo y Hilal.

Ella responderá: "Ya escuché esa historia cuatro veces". Y saldremos para beber un poco de cerveza alemana.

El viaje no fue para encontrar la frase que estaba faltando en mi vida, sino para volver a ser el rey de mi mundo. Él está aquí, ahora, estoy de nuevo conectado conmigo mismo y con el universo mágico que me rodea.

Sí, podría haber llegado a las mismas conclusiones sin salir de Brasil, pero así como el pastor Santiago en uno de mis libros, es preciso ir lejos antes de comprender lo que está cerca. La lluvia, de regreso a la tierra, arrastra cosas del aire. Lo mágico, lo extraordinario, está todo el tiempo conmigo y con todos los seres del Universo, pero de vez en cuando nos olvidamos de eso y necesitamos recordar, aun cuando sea necesario cruzar para eso el mayor continente del mundo de uno a otro extremo. Volvemos cargados de tesoros, que pueden ser nuevamente enterrados y, otra vez, tendremos que partir para buscarlos. Eso es lo que hace a la vida interesante: creer en tesoros y en milagros.

—Vamos a celebrar. ¿Hay vodka en el barco?

No hay vodka en el barco, y Hilal me mira con rabia.

—¿Celebrar qué? ¿El hecho de que ahora me quedaré aquí sola, tomaré de vuelta este tren y durante días y noches interminables de viaje estaré pensando en todo lo que vivimos juntos?

—No. Debo celebrar lo que viví, hacer un brindis conmigo mismo. Y tú debes brindar por tu valor. Partiste en busca de aventuras y las encontraste. Después de un pequeño periodo de tristeza, alguien encenderá un fuego en una montaña cercana.

"Verás la luz, irás ahí para encontrar al hombre que buscaste toda tu vida. Eres joven; observé, la noche pasada, que ya no eran tus manos las que tocaban el violín, sino las manos de Dios. Deja que Dios use tus manos. Serás feliz, aunque ahora te sientas desesperada."

—Tú no entiendes lo que estoy sintiendo. Eres un egoísta, piensas que el mundo te debe mucho. Yo me entregué por completo, y otra vez soy abandonada en medio del camino.

De nada sirve discutir, pero sé que lo que dije terminará por suceder. Tengo 59 años; ella, 21.

* * *

Volvemos al lugar donde estamos hospedados. Esta vez no es en un hotel, sino en una casa gigantesca que fue construida en 1974, para el encuentro sobre desarme entre el entonces secretario general del Partido Comunista ruso, Leonid Brejnev, y el presidente estadounidense Gerald Ford. Está hecha toda de mármol blanco. Con un inmenso *hall* en el centro, y tiene una serie de cuartos que en el pasado deben haber servido para las delegaciones de políticos, pero que hoy son utilizados por algunos invitados.

Nuestra intención es tomar un baño, cambiarnos de ropa y salir inmediatamente para cenar en la ciudad, lejos de aquel ambiente frío. Pero hay un hombre parado exactamente en el centro del *hall*. Mis editores se le acercan. Yao y yo aguardamos a una distancia prudente.

El hombre toma el celular y marca un número. Mi editor habla de manera respetuosa, sus ojos parecen brillar de alegría. Mi editora sonríe. La voz resuena por las paredes de mármol.

—¿Estás entendiendo? —pregunto.

—SÍ, estoy entendiendo —responde Yao—. Y vas a saberlo en el próximo minuto.

Mi editor cuelga el teléfono y viene a mí con una sonrisa de alegría.

—Volvemos mañana a Moscú —dice—. Debemos estar ahí a las cinco de la tarde.

—¿No íbamos a quedarnos dos días más aquí? Ni siquiera tuve tiempo de conocer la ciudad. Además, son nueve horas de vuelo. ¿Cómo podremos llegar a las cinco de la tarde?

—Son siete horas de diferencia de huso horario. Si salimos a mediodía, llegaremos a las dos de la tarde. Con tiempo de sobra. Voy a cancelar el restaurante y a pedir que sirvan la cena aquí: debo tomar todas las providencias.

—¿Pero por qué tanta urgencia? Mi avión para Alemania sale...

Él me interrumpe a media frase.

—Parece que el presidente Vladimir Putin leyó todo sobre tu viaje. Y le gustaría conocerte personalmente.

El alma de Turquía

—¿Yo? El editor se vuelve hacia Hilal.

—Tú viniste porque quisiste. Y volverás como y cuando quieras. No hay problema con eso.

El hombre del teléfono celular ya desapareció de la vista. Mis editores salieron, y Yao fue tras ellos. Sólo nos quedamos los dos ahí, en el centro del gigantesco y opresivo recibidor blanco.

Todo ocurrió muy rápido, y todavía no nos recuperamos de la impresión. No imaginaba que Putin sabía de mi viaje. Hilal no creía en un desenlace tan abrupto, tan repentino, sin que tuviera una oportunidad más de hablarme de amor, de explicar qué importante era todo aquello en nuestras vidas, y cómo deberíamos seguir adelante, aunque yo fuese casado. Por lo menos, es lo que imagino que está pasando por su cabeza.

—¡NO PUEDES HACERME ESTO! ¡NO PUEDES DEJARME AQUÍ! ¡SI YA ME MATASTE UNA VEZ PORQUE NO TUVISTE EL CORAJE DE DECIR NO, ME MATARÁS DE NUEVO!

Corre a su habitación, y yo temo lo peor. Si está hablando en serio, todo es posible en ese momento. Quiero telefonear a mi editor, pedirle que compre un boleto para ella, o estaremos ante una tragedia, ya no habrá encuentro con Putin, ya no habrá reino, redención o conquista, una gran aventura terminará en suicidio y muerte. Salgo corriendo en dirección a su cuarto en el segundo piso de la casa, pero ella ya abrió las ventanas.

—¡Detente! No morirás saltando de esta altura. ¡Todo lo que conseguirás será quedar lisiada para el resto de tu vida!

Ella no me está escuchando. Debo tener más calma, controlar la situación. Y mostrar a mi vez la misma autoridad que ella tuvo en Baikal, cuando pidió que no me volteara a verla desnuda. Miles de cosas pasan por mi cabeza en ese instante. Y apelo a la más fácil.

—Te amo. Jamás te dejaría sola aquí.

Ella sabe que no es verdad, pero las palabras de amor tienen un efecto instantáneo.

—Tú me amas como un río. Pero yo te amo como mujer.

Hilal no desea morir. Si ése fuese el caso, se habría quedado callada. Pero su voz, además de las palabras pronunciadas, está diciendo: "Eres una parte de mí, la más importante, que está quedando atrás. Jamás volveré a ser quien era". Está completamente engañada, pero éste no es el momento de explicar lo que no podrá comprender.

—Te amo como mujer. Como ya te amé antes y seguiré amándote mientras el mundo exista. Ya te lo expliqué más de una vez: el tiempo no pasa. ¿Quieres que repita todo de nuevo?

Ella se voltea.

—Es mentira. La vida es un sueño, del cual despertamos cuando encontramos la muerte. El tiempo pasa mientras vivimos. Soy música, lidio con el tiempo en mis notas musicales. Si el tiempo no existiera, no habría música.

Está diciendo cosas coherentes. La amo. No como mujer, pero la amo.

—La música no es una sucesión de notas. Es el paso constante de una nota entre el sonido y el silencio. Tú lo sabes —argumento.

—¿Qué sabes de música? Aun cuando así fuese, ¿qué importancia tiene eso ahora? ¡Si eres prisionero de tu pasado, sabe que también yo lo soy! ¡Si te amé en una vida, seguiré amándote por siempre!

"¡Ya no tengo corazón, ni cuerpo, ni alma, nada! Sólo tengo amor. Tú piensas que existo, pero es una ilusión de tus ojos, lo que estás viendo es Amor en su estado puro, queriendo mostrarse, pero no existe tiempo ni espacio en el que pueda manifestarse."

Ella se aparta de la ventana y comienza a caminar de uno a otro lado de la habitación. No tenía la menor intención de tirarse. Además de sus pasos en el piso de madera, todo lo que escucho es el infernal tictac de un reloj, probando que estoy equivocado, que el tiempo existe y nos consume en ese momento. Si Yao estuviera aquí podría ayudarme a calmarla, él que se siente bien cada vez que puede hacer algo por los demás. Pobre hombre, en cuya alma sopla todavía el viento negro de la soledad.

—¡Vuelve con tu mujer! ¡Vuelve con aquella que siempre estuvo a tu lado en los momentos fáciles y difíciles! Ella es generosa, cariñosa, tolerante, y yo soy todo aquello que detestas: complicada, agresiva, obsesiva, capaz de todo.

—No hables así de mi mujer.

Otra vez estoy perdiendo el control de la situación.

—¡Hablo como quiera! ¡Tú nunca tuviste control sobre mí y nunca lo tendrás!

Calma. Sigue hablando y ella se tranquilizará. Pero jamás vi a alguien en ese estado.

—Alégrate porque nadie tiene control sobre ti. Celebra el hecho de que tuviste valor, arriesgaste tu carrera, partiste en busca de aventuras y las encontraste. Recuerda lo que te dije en el barco: alguien encenderá para ti el fuego sagrado. Hoy ya no son tus manos las que tocan el violín, los ángeles están ayudando. Permite que Dios use tus manos. La amargura desaparecerá tarde o temprano, alguien a quien el destino puso en tu camino llegará finalmente con un ramo de felicidad en las manos y todo estará bien. Así será, aunque en este momento te sientas desesperada y pienses que estoy mintiendo.

Demasiado tarde.

Dije las frases equivocadas, que podían ser resumidas en una sola: "Crece, niña". De todas las mujeres que conocí, ninguna de ellas aceptaría aquella disculpa idiota.

Hilal toma una pesada lámpara de metal, la arranca del contacto y la lanza hacia mí. Yo logro agarrarla antes de que me alcance en la cara, pero ahora ella me golpea con toda su fuerza y su furia. Aviento la lámpara a una distancia segura e intento sujetar sus brazos, pero no lo logro. Un golpe me alcanza en la nariz, la sangre salpica para todos lados.

Ella y yo estamos cubiertos de mi sangre.

El alma de Turquía entregará a su marido todo el amor que posee. Pero derramará su sangre antes de revelar lo que busca.

—¡Ven!

*   *   *

Mi tono había cambiado por completo. Ella deja de agredirme. Yo la tomo del brazo y comienzo a arrastrarla hacia afuera.

—¡Ven conmigo!

No hay tiempo de explicar nada ahora. Bajo corriendo las escaleras, con Hilal más asustada que furiosa. Mi corazón está disparado. El carro que me llevaría a cenar está ahí esperando.

—¡A la estación del tren!

El conductor me mira sin comprender nada. Abro la puerta, la empujo hacia adentro y me subo.

—¡Dile que vaya inmediatamente a la estación del tren!

Ella repite la frase en ruso, y el conductor se pone en marcha.

—Dile que no respete ningún límite de velocidad. Después le doy una propina. ¡Necesitamos ir allá ahora!

Al hombre parece gustarle lo que oyó. Sale disparado, los neumáticos cantando en cada curva, los carros frenando cuando ven la placa oficial. Para mi sorpresa, él trae una sirena, que coloca en el techo. Mis dedos están crispados en los brazos de Hilal.

—¡Me estás lastimando!

Aflojo la presión. Estoy rezando, pidiendo a Dios que me ayude, que pueda llegar a tiempo, que todo esté donde debe estar.

Hilal está hablándome, pidiéndome que me calme, que no debería haber actuado como lo hizo, que en el cuarto no estaba pensando en matarse, que todo era sólo una escena. Quien ama no destruye ni se deja destruir, ella jamás me haría pasar una nueva encarnación sufriendo y culpándome por lo que ocurrió; una vez era suficiente, y eso ya había ocurrido. Quisiera responderle, pero no estoy siguiendo bien lo que dice.

Diez minutos después, el auto frena en la puerta de la terminal.

Abro la portezuela, arranco a Hilal del carro y entro en la estación. Somos detenidos a la hora de pasar por el control. Quiero seguir adelante de cualquier manera, me siento perdido, sin saber exactamente cómo continuar. La necesito a mi lado. Sin ella, nada, absolutamente nada será posible. Me siento en el suelo. Los hombres miran mi rostro y mis ropas cubiertas de sangre, se aproximan, hacen un gesto con la mano ordenando que me levante y comienzan a hacerme preguntas. Intento decir que no hablo ruso, pero ellos se están poniendo cada vez más agresivos. Otras personas se acercan para ver lo que está pasando.

Hilal reaparece con el conductor. Sin levantar la voz, él les dice algo a los dos guardias agresivos, que cambian de expresión y me saludan, pero yo no tengo tiempo que perder. Necesito seguir adelante. Ellos hacen a un lado a las personas que se habían reunido a nuestro alrededor. Mi camino está libre, la tomo de la mano, entramos a la plataforma, corro hasta el final, todo está oscuro, pero soy capaz de reconocer el último vagón.

¡Sí, todavía está ahí!

Abrazo a Hilal mientras intento recuperar el aliento. Mi corazón está disparado por el esfuerzo físico y por la adrenalina que corre en mi sangre. Siento un mareo, comí poco esta tarde, pero no puedo desmayar ahora. El alma de Turquía me mostrará lo que necesito. Hilal me acaricia como si fuese su hijo, pidiéndome que me calme, ella está a mi lado y nada malo puede sucederme.

Respiro hondo, el corazón vuelve poco a poco a la normalidad.

—Ven, ven conmigo.

La puerta está abierta; nadie osaría invadir una estación de tren en Rusia para robar algo. Entramos en el cubículo, yo la pongo contra la pared, como hice hacía mucho tiempo, al principio de ese viaje que no terminaba nunca. Nuestros rostros están cerca uno del otro, como si el siguiente paso fuese un beso. Una luz distante, tal vez de una única lámpara en una plataforma diferente, se refleja en sus ojos.

Y aun si estuviésemos en completa oscuridad, ella y yo seríamos capaces de ver. Ahí está el Aleph, el tiempo cambia de frecuencia, entramos en el túnel oscuro a una inmensa velocidad; ella ya conoce la historia, no se asustará.

—Vamos juntos, toma mi mano y vamos juntos al otro mundo, ¡AHORA!

Aparecen los camellos y los desiertos, las lluvias y los vientos, la fuente en una aldea de los Pirineos y la catarata en el monasterio de Piedra, las costas de Irlanda, un rincón en una calle que pienso es en Londres, mujeres en motocicleta, un profeta ante una

montaña sagrada, la catedral de Santiago de Compostela, prostitutas esperando a sus clientes en Ginebra, hechiceras que danzan
desnudas en torno a una hoguera, un hombre a punto de descar-
gar su revólver en su esposa y el amante de ésta, las estepas de un
país asiático donde una mujer teje bellas alfombras mientras espera el regreso de su hombre, locos en los asilos, los mares con todos
sus peces y el Universo con cada una de sus estrellas. Los ruidos de
los niños naciendo, viejos muriendo, carros frenando, mujeres que
cantan, hombres que maldicen y puertas, puertas y más puertas.

Voy a todas las vidas que viví, que viviré y que estoy viviendo. Soy un hombre en un tren con una mujer, un escritor que vi-
vió en la Francia de finales del siglo XIX, soy los muchos que fui y
que seré. Pasamos por la puerta por donde quiero entrar. Yo estaba agarrado de su mano, que ahora desaparece.

A mi alrededor, la multitud que huele a cerveza y vino se ríe a
carcajadas, insulta, grita.

Las voces femeninas me llaman. Estoy avergonzado, no quiero ver-
las, pero ellas insisten. Las personas a mi lado me felicitan: ¡entonces yo era el responsable de eso! ¡De salvar a la ciudad de la herejía
y del pecado! Las voces siguen gritando mi nombre.

Ya fui lo bastante cobarde por ese día y por el resto de mi vida.
Levanto lentamente la cabeza.

La carreta jalada por los bueyes está casi acabando de pasar,
un segundo más y yo no escucharía nada. Pero las estoy mirando.
A pesar de todas las humillaciones por las que pasaron, parecen
serenas, como si hubiesen madurado, crecido; se hubiesen casado, tenido hijos y se encaminaran con naturalidad a la muerte, el
destino de todos los seres humanos. Lucharon mientras pudieron,
pero en algún momento entendieron que ése era su destino, ya estaba escrito antes de que nacieran. Sólo dos cosas pueden revelar
los grandes secretos de la vida: el sufrimiento y el amor. Ellas ya
pasaron por ambos.

Y es eso lo que veo en sus ojos: amor. Jugamos juntos, soñamos
con príncipes y princesas, hicimos planes para el futuro, como hacen todos los niños. La vida se encargó de separarnos. Yo elegí servir a Dios, ellas tomaron un camino diferente.

Tengo 19 años. Soy un poco mayor que las muchachas que
ahora me miran agradecidas porque levanté la cabeza. Pero la verdad es que mi alma carga un peso mucho más grande, de contra-
dicciones y culpas, de jamás tener el valor de decir "no" en nombre
de una obediencia absurda, que quiero creer es verdadera y lógica.

Ellas me miran, y ese segundo demora una eternidad. Una
de ellas vuelve a decir mi nombre. Yo murmuro con los labios, de
modo que sólo ellas entiendan:

—Perdón.

—No lo necesitas —responde una de ellas—. Sí, hablamos con
los espíritus. Ellos nos revelaron lo que ocurriría, ya pasó el tiem-

po del miedo, ahora sólo queda el tiempo de la esperanza. ¿Somos culpables? Un día el mundo juzgará, y la vergüenza no caerá sobre nuestras cabezas.

"Volveremos a encontrarnos en el futuro, cuando toda tu vida y todo tu trabajo estén dedicados a los que hoy son incomprendidos. Tu voz será alta, muchos escucharán."

La carreta se está alejando, y yo comienzo a correr a su lado, a pesar de los empujones de los guardias.

—El amor vencerá al odio —continúa otra, hablando calmadamente, como si estuviésemos todavía en los bosques y florestas de nuestra infancia—. Los que son quemados hoy serán exaltados cuando ese tiempo llegue. Los magos y los alquimistas volverán, la Diosa será aceptada, las hechiceras, celebradas. Todo eso por la grandeza de Dios. Ésa es la bendición que ponemos ahora sobre tu cabeza, hasta el fin de los tiempos.

Un guardia me da un golpe en el vientre, me doblo hacia el frente sin aliento, pero vuelvo a levantar la cabeza. La carreta se aleja, ya no lograré llegar más cerca.

Empujo a Hilal hacia un lado. Estamos de nuevo en el tren.

—No vi bien —dice ella—. Parecía una gran multitud gritando, y un hombre encapuchado estaba ahí. Creo que eras tú, pero no tengo la certeza.

—No te preocupes.

—¿Obtuviste la respuesta que necesitabas?

Quisiera decir: "Sí, finalmente entendí mi destino", pero mi voz está embargada.

—No me dejarás sola en esta ciudad, ¿verdad?

La abrazo.

—De ninguna manera.

Moscú, 1° de junio de 2006

A quella noche, cuando volvimos al hotel, Yao la esperaba con el boleto para Moscú. Regresamos en el mismo avión, en clases diferentes. Mis editores no me pueden acompañar a la audiencia con el presidente Vladimir Putin, pero un amigo periodista tiene las credenciales para hacerlo.

Cuando el avión aterriza, ella y yo bajamos por puertas distintas. Soy conducido a una sala especial, donde me esperan dos hombres y mi amigo. Pido ir a la terminal donde están desembarcando los otros pasajeros, debo despedirme de una amiga y de mis editores. Uno de los hombres explica que no dará tiempo, pero mi amigo responde que son las dos de la tarde, el encuentro está programado para la cinco, y aun cuando el presidente me esté esperando en una casa en las afueras de Moscú, donde acostumbra despachar en esta época del año, estaremos ahí en menos de 50 minutos.

—En caso contrario, ustedes siempre traen sirena en sus autos —dice, en tono de broma.

Caminamos hasta la otra terminal. En el camino, paso por la florería y compro una docena de rosas. Llegamos ante la puerta de desembarque, repleta de personas esperando a otras que vienen de lejos.

—¿Quién de ustedes aquí entiende inglés? —digo en voz altísima.

Las personas me miran asustadas. Estoy acompañado por tres hombres bastante fuertes.

—¿Quién de ustedes habla inglés?

Algunas manos se levantan. Yo muestro el ramo de rosas.

—Dentro de poco llegará una muchacha a la que amo mucho. Necesito 11 voluntarios para ayudarme a entregarle estas flores.

Inmediatamente los 11 voluntarios aparecen a mi lado. Organizamos una fila. Hilal sale por la puerta principal, me ve, esboza una sonrisa y se encamina hacia mí. Una a una, las personas le van entregando las rosas. Ella parece confusa y alegre a un tiempo. Cuando llega frente a mí, le entrego la doceava flor y la abrazo con todo el cariño del mundo.

—¿No vas a decirme que me amas? —pregunta, intentando mantener el control de la situación.

—Sí. Te amo como un río. Adiós.

—¿Adiós? —ella se ríe—. No te librarás de mí tan fácil.

Los dos hombres que esperan para conducirme ante el presidente comentan algo en ruso. Mi amigo ríe. Yo le pregunto qué dicen, pero es la propia Hilal quien traduce.

—Dicen que jamás vieron una escena tan romántica en este aeropuerto.

Día de San Jorge, 2010

Nota del autor

V olví a encontrarme con Hilal en septiembre de 2006, cuando la invité a participar en un encuentro en el Monasterio de Melk, en Austria. De ahí viajamos a Barcelona, después a Pamplona y Burgos. En una de esas ciudades, ella me informó que había abandonado la escuela de música y ya no pretendía dedicarse al violín. Intenté rebatir al respecto, pero en mi interior entendía que ella también había vuelto a ser reina de su reino, y ahora debía gobernarlo.

Durante el proceso de escritura de este libro, Hilal me envió dos *e-mails* diciendo que había soñado que yo contaba nuestra historia. Le pedí que tuviera paciencia, y le comuniqué realmente el hecho sólo cuando terminé de escribirlo. Ella no mostró mucha sorpresa.

Me pregunto si realmente estaba en lo cierto al pensar que, una vez perdida la oportunidad con Hilal, tendría todavía otras tres (a fin de cuentas, eran ocho las muchachas que iban a ser ejecutadas aquel día, y ya me había encontrado con cinco de ellas). Mi tendencia hoy es decir que jamás sabría la respuesta: de las ocho condenadas, la muchacha en cuestión, cuyo nombre nunca supe, era la única que realmente me amaba.

Aunque ya no estemos trabajando juntos, agradezco a Lena, Yuri Smirnov y a la Editorial Sofía por la experiencia única de atravesar Rusia en tren.

La oración utilizada por Hilal para perdonarme en Novosibirsk también fue canalizada por otras personas. Cuando comento en el libro que ya la había oído en Brasil, me estoy refiriendo al espíritu de André Luiz, un niño.

Finalmente, quisiera advertir sobre el ejercicio del anillo de luz. Como mencioné antes, cualquier vuelta al pasado sin el mínimo conocimiento del proceso puede traer dramáticas y desastrosas consecuencias.

Índice

ACERCA DEL AUTOR

Traducido a 72 idiomas y publicado en más de 170 países, Paulo Coelho es uno de los escritores más influyentes de nuestro tiempo. Nació en Río de Janeiro en 1947, y a temprana edad descubrió su vocación de escritor. Trabajó como periodista, actor, director de teatro y compositor. Inconformista e innovador, sufrió la crueldad del régimen militar brasileño. En 1987 publicó su primer libro, *El Peregrino (Diario de un mago)*, luego de recorrer el Camino de Santiago. A éste le siguió *El Alquimista*, libro con el que inició su trayectoria internacional; vinieron después muchas otras obras que han llegado al corazón de las personas en el mundo entero. Colabora con algunos de los medios más prestigiosos del mundo, y desde 2002 es miembro de la Academia Brasileña de Letras. En 2007 fue nombrado Mensajero de la Paz de las Naciones Unidas.

www.paulocoelhoblog.com